SV

Band 1192 der Bibliothek Suhrkamp

Harry Mulisch

Das steinerne Brautbett

Roman

Aus dem Niederländischen
von Gregor Seferens

Suhrkamp Verlag

Titel der Originalausgabe: *Het stenen bruidsbed*

Erstausgabe der Neuübersetzung
Die erste deutsche Übersetzung erschien 1960

Erste Auflage 1995
Suhrkamp Verlag Frankfurt am Main
Lizenzausgabe mit Genehmigung des Carl Hanser Verlags München Wien

Druck: Nomos Verlagsgesellschaft, Baden-Baden
Printed in Germany

Komm doch, traute Helena, daß seltsame Thaten
du schauest
Rossebezähmender Troer und erzumschirmter
Achaier!
Die jüngst gegeneinander das Graun des Ares
getragen
Durch das Gefild, anstrebend zur thränenbringenden
Feldschlacht,
Diese ruhn stillschweigend nunmehr, und der
Krieg ist geendigt
Hingelehnt auf die Schild', und die ragenden
Speer' in dem Boden.

Homer, Ilias, Dritter Gesang

So populär dies auch war, so verfehlte es doch seine Wirkung, denn es ging das Gerücht um, daß Nero während des Brandes der Stadt in seinem Palast die Bühne bestiegen und Trojas Untergang besungen hatte, die heutige Katastrophe vergleichend mit den Vernichtungsbildern aus der Vorzeit.

Tacitus, Annalen, Buch XV

I

(Aber ohne Gefühl)

Ein Mensch arbeitet, liebt, schläft, ißt – und überall auf der Welt wird währenddessen mit den dreizehn Buchstaben seines Namens Alchimie betrieben. Norman Corinth aus Baltimore, Maryland, fand die Einladung zu dem Kongreß eines Morgens im September auf dem Frühstückstisch. Keuchend und verschwitzt kam er aus dem Garten, die Sonne lag auf dem Tischtuch... Zwei Monate später, in der vibrierenden Maschine über dem Ozean und bemuttert von Stewardessen, die ihn bei seinem Namen nannten (»Ah, Mister Corinth«, »Oh, Mister Corinth«), dauerte jener Morgen immer noch an. Das Meer unter ihm gehörte schon zu Europa. Wie dreizehn Jahre zuvor sah er es unter sich weggleiten; ein Konvoi lag erstarrt im unbewegten Wasser. Mit hochgezogenen Augenbrauen schaute er aus dem Fenster und wunderte sich, daß sie die einzigen in der Luft waren und daß die Luft nicht um seinen Kopf brauste in der Kuppel aus Geist, Glas, Plastik. Er wußte nicht, was in ihm vorging, und er wußte es immer noch nicht, als er in Tempelhof, in West-Berlin, aus der Luft fiel, auf der Betonpiste stand und über den Flugplatz sah: ein Mann von fünfunddreißig, schon nicht mehr ganz jung, ein wenig grau und schwer und müde. Er trug einen kleinen schwarzen Hut. Von seinen zusammengekniffenen Augen aus zogen sich im grellen Licht tiefe Falten durch sein großes Gesicht; dicht unter den Augenbrauen, die zu tief standen und von toter, blauer Haut in ungleichmäßige Stücke unterteilt wurden, liefen geschwungene Narben zu seinen Augenwinkeln; eine andere Narbe lief unter seiner Nase zu den Mundwinkeln, zwischen denen die Oberlippe keine Lippe war, sondern weiße Haut, die die

Zähne bedeckte. Er schaute ins Licht der Sonne. Flaggen, Terrassen, Musik ..., doch was er kannte, waren die Hangars und die Reihen von Maschinen; die Drosseln, die auf den Startbahnen mit einem Auge auf den Kontrollturm starrten; auf den Scheinwerfern zwitscherten Spatzen. Und auch das waren Flugplätze – strahlende Feste von Licht und Raum und Lärm, umgeben von überall in Sträuchern und Autos schlafenden, schmusenden und sich paarenden Menschen. Friede, Friede! Hinter einem eisernen Gitter stand eine flatternde Gruppe Nonnen und sang einen Psalm in Richtung einer abfliegenden Constellation; der Gesang entschwand mit dem Gebrüll der feuerspeienden Triebwerke. Aus hellblauen Augenschlitzen spähte Corinth in die Ferne, die dünne Hose flatterte wie wahnsinnig um seine Beine. Gleichgeblieben war nur das Land ringsum: das Land rund um die Flugplätze, das, mit trockenem Stoppelgras bewachsen, zum Himmel sieht und auf herabstürzende Maschinen wartet – das verblichene Land, das, verborgen hinter Hügelrücken, die Verdammnis in die Luft sendet. Aber hier war wenig Land; rundum standen die Reste der Stadt. Als er sich umdrehte, sah er eine Frau auf sich zukommen, zugleich begann in ihm etwas zu ticken; im selben Augenblick hallte aus allen Richtungen sein Name aus den Lautsprechern.
... Die Sonne von Baltimore hatte geschienen, und auf den Briefmarken war eine »Stalinallee« abgebildet. Fünf Tage sollte der Kongreß dauern, es kamen Engländer, Franzosen, Russen, Tschechen, Rumänen, Brasilianer, Koreaner, Vietnamesen ... *Wer steckte dahinter?* Er sagte seiner Frau, worum es ging, und ließ den Brief halbgelesen sinken. Das Papier in seinen Händen reichte aus, um seine Praxis zu ruinieren, seine Freunde auf Distanz gehen zu lassen und ihn selbst ins Gefängnis zu bringen. In welchem Teil der Welt

ging sein Name durch welche Münder, Büros, Instanzen, Akten, Karteien? Sein Finger glitt über die Narbe neben der Nase; mit dicken weißen wimpernlosen Augenlidern sah er seine Frau an. Um ihren Mund lag dieser eiserne Zug. Aus dem Garten kam der Geruch von gemähtem Gras. Vor dem Bungalow lag die breite amerikanische Straße und zog sich neben Gleisen und Telefondrähten bis hin zu der qualmenden Stadt. Wieder schaute er in den Brief. Als er sah, in welcher Stadt der Kongreß stattfinden sollte, stolperte sein Herz (doch ohne Gefühl), und er wußte, daß er hinfahren würde. Seiner Frau brauchte er es nicht zu erklären, sie verstand ja alles? Sie verstand doch dies und das und so und darum und warum? Ihr Verständnis hing in Ringen um ihre Augen, höhlte ihre Wangen aus und stand in Flaschen und Töpfchen und Röhrchen neben ihrem Bett.

II

Ein historischer Ort

Steif lief er über den abschüssigen Zufahrtsweg und sah zum Haus. Der Chauffeur lehnte am Wagen, die verschränkten Arme auf dem Dach; im Fond des Wagens las der Nordkoreaner eine chinesische Zeitung. Die Frau stand neben dem Auto beim Pensionsinhaber. Sie schwiegen. In seinem Nacken fühlte Corinth den Raum wie einen hochstehenden Pelzkragen, in seinen Beinen das stundenlange Sitzen im Wagen. Auf der felsartigen Erhöhung, überdeckt mit erfrorenen Kletterpflanzen, erschien das Haus noch größer: ein architektonischer Fiebertraum von Terrassen, Veranden, Balkons, Treppen zu weiteren Terrassen, Höhlen, Nischen, Springbrunnen, zugemauerten und wieder aufgestemmten Türen und oben kleinen Türmen und stufig angelegten Dachgärtchen – aus Ziegelstein, Naturstein, Holz, Schiefer, Sandstein … das Haus war nicht gebaut, sondern gewachsen wie ein Baum. Corinth schaute zu dieser Festung und hatte Lampenfieber, denn er wußte, daß er sich nun würde umdrehen müssen.

Er nahm den Hut ab und drehte sich um. Das Licht hob die vielen Falten in seinem Gesicht überdeutlich hervor und verlieh ihm einen fragenden Ausdruck, und er dachte, da bin ich wieder, er sah dorthin, wohin das Haus sah.

Es schaute in einen unendlichen Raum. In eine grüne Tiefe von Bäumen hinab, an Villen vorbei, von denen nur eine, hohl und stierend, von der Luft bewohnt wurde, wand sich eine Straße zur eisernen Brücke, unter der zwischen weiten Wiesen der Fluß lag. Am anderen Ufer der Elbe lagen im Tal die Überreste der Stadt: eine unüberschaubare Brandung von Schutthaufen, befetzt, besträhnt mit weißem Nebel:

eine Braut, die ihren Schleier beim Anblick ihres Bräutigams in Stücke gerissen hatte. Dahinter, nach Südosten, wo die Brandung sich verlief, wellten sich blaue Hügel bis tief ins tschechische Böhmen. Corinth stand regungslos, es war ein warmer Tag gewesen. In der Ferne kroch aus einem Fabrikschornstein eine weiße Schlange über die versinkenden Felder. Er sah hinauf, nicht in die Luft, sondern suchend nach etwas hoch über der Stadt, das dort nicht war: nichts als atemloser Raum. Kühle Luft wehte ihm vom Fluß her ins Gesicht: Im selben Augenblick hörte er das grüne Geflüster ... Es war verschwunden, ehe er es verstehen konnte.

(Das grüne Geflüster konnte auch brüllen, eine schwere Männerstimme in Fluren: »... *Maß über* ...«, »... *der Drehturm, und wer* ...«, auftauchend und versinkend in einer Mauer aus Nacht; manchmal war es die Stimme einer Frau, die in seinem Kopf geboren wurde und sagte: »... *ach, ja? Daher* ...« oder: »... *alle Tiere und* ...«; und auch schimpfend, lachend, flüsternd, ein lauter Schrei in der Leere, oder nur ein einzelnes, auf der Stille treibendes Wort; es waren sehr wirkliche Stimmen, die zu Menschen gehörten, die er nicht kannte und nicht sah, die jedoch eine Vorstellung in ihm weckten: Arbeiter in Häfen, eine Frau in ihrer Küche, ein Junge bei Unruhen auf einem Platz: eine Stadt. Kurz vor dem Einschlafen kam es zu ihm, selten tagsüber, schon früher in der Schule, während des Unterrichts, er konnte es nicht verstehen. Es bedeutete niemals etwas, das mit dieser Stadt zu tun hatte.)

Er sah aus seinen Augenwinkeln, daß sich Hella und der Pensionsinhaber näherten, zwei Gestalten, die plötzlich in sein Leben gehörten. Hellas Beine summten hinter einem Schleier aus blonden Härchen. Um den Hals trug sie ein goldenes Kettchen mit einem Milchzahn.

»Meditiert unser weitgereister Gast? Herr Ludwig kann Ihnen etwas Interessantes erzählen.«
Ludwig stellte sich neben ihn. Er war grau und gedrungen, trug einen Seemannspullover und rauchte eine gebogene Pfeife: der Kapitän seines Hauses, auf einem Schiff, das durchs Tal fuhr. Er schaukelte in seinen Pantoffeln und stieß seine Fäuste in den Hosentaschen nach vorn.
»Ja, Herr Doktor, Sie stehen hier an einem historischen Ort. Von genau diesem Hügel aus lenkte der große Kaiser Napoleon 1813 seine letzte Feldschlacht, aus der er als Sieger hervorging. Er kam denselben Weg wie Sie, von dort hinten, unten am Garten vorbei. Im Norden lag das Heer von Bernadotte, in Schlesien stand Blücher, und von dort drüben«, er zeigte mit seiner Pfeife Backbord nach Böhmen, zeigte in alle Richtungen über das Tal – »kam Schwarzenberg mit seinen Österreichern. Hier, vor Ihren Füßen, wurden sie in die Pfanne gehauen, Hackfleisch wurde aus ihnen gemacht. Danach kam Leipzig, Waterloo, und dann war es aus mit Bonaparte.« Die letzten Worte sprach er mit immer leiser werdender Stimme und sah nickend zu der Stadt, die dort unten im Tal nicht mehr war.
Ungläubig – jedoch nicht, weil er an der Geschichte zweifelte – schaute Corinth ihn von der Seite her an, dann die Frau, die sich ein Lächeln verbiß. Verstand sie ihn? Verstehen ist Flirten. (Und sie dort, auf der anderen Seite der Welt, war eine Hure, konnte nichts hören und legte sich breitbeinig auf den Rücken.) Hella wandte ihre Augen ab, aber sie wandte sie in eine andere Welt, wo Ludwig nicht wohnte, es war das Gegenteil von abwenden, und er fühlte seinen Körper. Speichel schoß ihm in den Mund, und er mußte schlukken. Seine Geilheit bellte, pflichtgetreu: ein kaltes Tier, und er dachte: Natürlich, natürlich, ich will sie haben.

Ludwigs Pfeife begann zu röcheln; er sah hinein, blies hinein, stopfte sie mit dem Finger und klopfte sie auf der steinernen Balustrade aus. Das schwarze Häufchen ließ er liegen.
»Sind Sie romantisch, Herr Doktor?«
»Sehr«, sagte Corinth.
Ludwig drehte sich um, zu schnell, zu plötzlich hatte er Corinths Gesicht gesehen und zeigte gefräßig zum höchsten Turmzimmer.
»Kommen Sie bitte mit!«
Durch gewundene Gänge, über Treppen und Stufen hinauf und hinunter kamen sie an der Rückseite ins Haus. Es sei, erzählte Ludwig und spielte mit einer tiefen Stimme und theatralischen Gebärden, die genaue Kopie eines Hauses in Rom, das ein gewisser Krschowsky hier hatte erbauen lassen, um darin am Tag nach der Vollendung, während es noch überall nach Farbe roch, Selbstmord zu begehen.
»Offenbar fand er es unbequem«, sagte Corinth.
Er sprach das Deutsche langsam und grammatisch korrekt, aber mit einem starken Akzent. Ludwig ging nicht auf den Scherz ein; vielleicht schauspielerte er doch nicht, mit einer weit ausladenden Geste wies er auf das hohe bleiverglaste Fenster in der dunklen Eingangshalle – auf eine halbnackte, von Wolken und Wind und Gewändern umwehte Frau, die in einer Landschaft aus Wasser, Felsen und Fischen eine Schale hochhob – und sagte:
»Die Frau der Verborgenheit! O mia bella Roma!«
»Herr Ludwig«, sagte Hella, »Herr Doktor Tsch'wè Unsang kann nicht so lange warten.«
»Natürlich, sehr verehrte Dame«, sagte Ludwig und stieß, sich vorbeugend, eine Tür auf.
»Ich werde Sie über die Schwelle tragen.«

»Ich glaube nicht, daß Sie das wirklich wollen.«
Eilig trat sie ein. Ludwigs Gesicht wurde dick und fleischig. Er selber ist Krschowsky, dachte Corinth. Ludwig versuchte, einen tropfenden Hahn zuzudrehen.
»Wo wohnt Herr Doktor Tschiang Kai-Schek, wenn man fragen darf?«
»Herr Doktor Tsch'wè Unsang hat ein Zimmer in der Stadt«, sagte Hella kurz. »Nachher werde ich über Ihre witzige Bemerkung lachen, jetzt habe ich dazu keine Zeit. Sie finden es doch nicht schlimm, daß Sie hier oben wohnen?«
»Im Gegenteil«, sagte Corinth, ohne sie anzusehen.
»Da unten ist immer alles voll«, sagte Ludwig. »Manchmal finden vier, fünf Kongresse gleichzeitig statt. Der Kommunismus ist groß, was Kongresse angeht.«
»Finden Sie, daß wir weniger Kongresse veranstalten sollten, Herr Ludwig?«
Hella sah ihn streng an. Corinth amüsierte sich; Kampfeslust leuchtete in ihren Augen. Ihr Gesicht war kräftig, sie sah aus wie fünfunddreißig, war aber vermutlich jünger, ein Körper, reif und lieblich, eine Rose von Saron: sie war dazu bestimmt, zu einer Matrone zu erblühen, die auf dem Stuhl ihrer Vergangenheit thront und nicht im Halb-Ekstatischen und Drakonischen; – irgendwo in ihrem Leben mußte eine Bö aufgekommen sein, die sie von ihrem Kurs abgebracht hatte, die sie auf Flughäfen geweht hatte, wo Chinesen und Amerikaner landeten, zu Kongressen in verwüstete Städte und zu eingebildeten, politisch vermutlich wenig zuverlässigen Pensionsinhabern.
Sie rief Corinth in einen Erker, wo sie Papiere auf ein Tischchen legte, um darin zu suchen. Sie gab ihm einige Büchlein und Prospekte.

»Das bekommen Sie erst mal als Gedächtnisstütze. Sie haben uns geschrieben, daß Sie keinen Vortrag halten werden, aber wollen Sie nicht ein paar Worte über den Stand der Therapie in den Vereinigten Staaten sagen? Es würde den Kongreß sehr interessieren.«
Zum ersten Mal seit ihrer Begrüßung in Tempelhof sah sie direkt in sein Gesicht, und er wußte, daß sie überlegte, woran diese Augenlider und diese Oberlippe mit ihren Narbenrändern sie erinnerten. Ein Pavian, dachte sie jetzt, ein Pavian, bei Gott. Ihr Gesichtsausdruck blieb beherrscht, auf Antwort wartend.
»Ich komme, um etwas zu lernen, Frau Viebahn. Es gibt noch viele Dinge, die ich nicht weiß oder nicht ganz verstehe. Ich wüßte auf Anhieb nicht mal, welche. Ich bin sehr müde. Auch im Flugzeug habe ich nicht geschlafen; ich habe mir nie angewöhnen können, im Flugzeug zu schlafen. Betrachten Sie mich als jemanden, der schon seit Tagen wach ist.«
Er nickte ihr zu, wandte seinen Blick nicht ab und ließ sie zappeln: ein Kind, bei der frühen Dämmerung des Spätsommerabends verirrt in der Ruine am Ende der Weide; schluchzend läuft es unter dem Schlagschatten des Waldes an den zerbrochenen Mauern und den Schießscharten vorbei, durch die der Abend bläst und pfeift, das schwarze Wasser, die Sterne auf den Steinen ...
Hella nickte mit unbewegter Miene. »Wie Sie wollen. Ich muß jetzt Herrn Doktor Tsch'wè Unsang wegbringen. In der Stadt wartet noch jede Menge Arbeit auf mich. Bitte sehr, hier sind zweihundertundfünfzig Mark, vielleicht möchten Sie ja ein Souvenir kaufen.«
»Vielleicht möchten Sie heute oder morgen mein Gast sein.«

»Sehr aufmerksam von Ihnen, vielen Dank, aber daraus wird nichts, wir werden uns nicht so häufig sehen.« Ein harter, rollender Akzent kam in ihre Worte. Als Corinth zu grinsen begann, wurde ihr Ton noch kälter. »Ja, dann findet heute abend ein Begrüßungsessen statt, bei dem Professor Doktor Karlheinz Ruprecht aus Leipzig unsere ausländischen Gäste willkommen heißt. Trauen Sie sich das noch zu? Es wäre schade, wenn Sie, als einziger Amerikaner ... Aber, wenn Sie zu müde sind, können Sie natürlich auch hier etwas essen und früh zu Bett gehen.«

»Sicher, sicher«, sagte Ludwig. Seine Finger spielten mit einem roten Plektrum.

»Ich breche nicht so schnell zusammen«, sagte Corinth.

»Das glaube ich auch nicht«, sagte Hella und drehte ihren Kopf schnell zum Erkerfenster, unter dem ein Vogel sich schreiend aus den Sträuchern löste und mit kräftigen Schlägen über die Terrasse ins Tal flog.

»Wenn Sie wollen, können Sie sich auch jetzt ein wenig hinlegen. Ich schicke dann nachher den Wagen zurück und treffe Sie unten im Hotel. Günther kann Ihnen bei allem weiteren helfen.«

Mit tänzelnden Schritten, strahlend und lächelnd wie ein Idiot, betrat der Chauffeur mit den Koffern das Zimmer – ein dunkler, unübersichtlicher Raum mit Wandtäfelung, viereckigen hölzernen Pfeilern, drei Betten und einem Diwan. Eine doppelte Tür führte auf die Terrasse, doch hinter der Tür war eine Glasscheibe, und zwischen beiden eine Fensterbank, so daß weder die Tür noch die Scheibe geöffnet werden konnten. Neben den Waschbecken standen kleine säulenartige Podeste, auf denen nichts lag, außer einer Schachtel Streichhölzer.

Corinth folgte Ludwig zu einer Tür am anderen Ende der

Eingangshalle. Die Frau im Fenster leuchtete nun in dunkleren Farben.
»Eine feine Dame, unsere Frau Viebahn, finden Sie nicht, Herr Doktor? Wir sehen sie hier oft mit ausländischen Gästen. Immer gleich charmant. Treten Sie ein, ich werde Ihnen gleich den Schlüssel geben. Hier wird auch das Frühstück serviert.«
Er trat in ein großes, muffig möbliertes Zimmer. An dem Fenster mit Ausblick auf die Stadt stand ein blonder Junge und schrieb auf die Glasscheibe, die er angehaucht hatte. Er drehte sich um, graue Langeweile im Blick.
»Schreibst du wieder ein Buch auf die Scheiben? Gib dem Herrn Doktor mal die Hand«, sagte Ludwig und ging zu einem Schränkchen.
Der Junge kam auf ihn zu: plötzlich lachend, die Hüften wiegend, blondiert, nicht älter als sechzehn. Er streckte seinen Arm aus und hob kokett die Schultern; Corinth spürte, daß der Junge seine Hand nicht von sich aus zurückziehen würde.
»Wie heißt du?« fragte er und ließ die Hand los.
»Eugène. Was für kalte Hände Sie haben.«
»Eugène, *Herr Doktor*«, sagte Ludwig.
»Eugène, Herr Doktor.«
Hinter ihm wurde das Glas wieder klar, und die Worte verschwanden in den Hügeln am Horizont. Er begann, sich elegant zu drehen, und sah Corinth dabei an. Die Narben schien er nicht zu sehen. Corinth nickte und schaute über seine Schulter nach draußen.
»Geh, tu etwas, Eugène«, sagte Ludwig ohne sich umzublikken, während er zwischen Blättern und in Schachteln suchte.
Eugène drehte sich auf den Absätzen und stellte sich wieder

ans Fenster. Indem er mit einem Bleistift über die Rücken der Bücher fuhr, die auf einem Brett unter der Fensterbank standen, versuchte er den Eindruck zu erwecken, beschäftigt zu sein. Immer noch sah er Corinth an. Corinth unterdrückte ein Lachen: er wußte nicht, ob er über Eugène lachen oder ihn nur anlächeln wollte. Der Junge errötete ein wenig.

»Wo ist der Schlüssel zu diesem Schränkchen, Eugène?«

»Weiß ich nicht«, lachte Eugène Corinth zu.

»Ach, immer diese Faxen«, sagte Ludwig. »Natürlich wieder *im* Schränkchen.«

»Ja!« lachte Eugène.

Während er graziös hinzusprang und Ludwig half, das Schränkchen hochzuheben und umzudrehen, entdeckte Corinth ein zweites Zimmer, das in den Raum hineingebaut war: eine verglaste Balkenkonstruktion mit Treppchen und Tür; in dem Zimmer lag eine Frau in einem Bett, er sah lediglich ihre weißen Haare auf dem Kissen, sie schaute nach draußen, lag jedoch zu flach, um die Stadt sehen zu können. Auf einem gedeckten Tischchen standen Blumen und Apfelsinen.

»Aha!« Mit hochgehaltenem Schlüssel ging Ludwig durch das Zimmer: der Große Kritiker, der Magister; er öffnete die Tür und verbeugte sich: »Darf ich bitten?«

Durch einen Wirrwarr von Treppen, Nischen, Bogenfenstern in freistehenden Wänden, Auf- und Abgängen ging er, in einer Hand Corinths Reisetasche, nach oben voraus.

»Jaja, Herr Doktor Corinth aus den Vereinigten Staaten«, sagte er, offensichtlich ohne diesen damit ansprechen zu wollen, und betrat ein wenig keuchend die Stufen. Und kurz darauf: »Darf man fragen, welchen Kongreß Sie hier besuchen? Man sieht nicht häufig Amerikaner hier im Osten.«

»Zähne«, sagte Corinth. Ludwig sah sich um. Corinth tickte an seine Zähne. »Eßzimmermobiliar.«
»Ach, Zahnarzt. Schöner Beruf. Zähne sind herrlich, wenn es etwas zu essen gibt.« Nickend ging er weiter. »Zahnärztlicher Kongreß ...«, murmelte er und schüttelte seinen Kopf. »Sie sind in einem seltsamen Land angekommen, Herr Doktor.« Er sah sich kurz um und schaute wieder nach vorne. Mit veränderter Stimme, laut, fragte er: »Haben Sie schon von dem Feuer gehört, das wir hier hatten?«
»Feuer?« Corinth schaute auf seinen Nacken. »Sagten Sie Feuer?«
»Im Louisenhof – da oben«, er zeigte auf die gekalkte Wand, »nicht weit von hier. Das schönste Hotel der Stadt. Vorige Woche abgebrannt. Ursache unbekannt. Die Polizei tappt im Dunkeln. Jawohl.«
»Opfer?«
Ludwig sang beinahe vor Mißtrauen.
»Maria Förster. Mannequin. Eine der schönsten Frauen der DDR.«
»Stimmt etwas nicht?«
»Es stimmt alles«, sang Ludwig. »Es stimmt alles.«
Corinth schwieg und stieg eine steinerne Wendeltreppe hinauf. Die Luft war drückend und von Summen erfüllt. An einem kleinen Fenster, durch das die zerstörte Stadt zu sehen war, blieb er stehen. Eine Kolonie sterbender und toter Fliegen lag im Staub auf dem Fensterbrett, die lebenden lagen auf dem Rücken und rotierten immer wieder so schnell um die eigene Achse, daß sie unsichtbar wurden und die toten durcheinanderwirbelten. Corinth zog das Gesicht in Falten und beugte sich über das Schauspiel.
»Da ist nichts zu machen«, rief Ludwig oben an der Treppe, nein, von draußen, er stand aufrecht vor dem violettfar-

benen Himmel auf dem Dach und sandte die Worte an seinem Körper entlang durch die Treppenluke. »Jedes Jahr dasselbe. Sie flüchten vor dem Wind in die Häuser. Was will man machen? Es hat Tradition in Dresden, in großem Maßstab zu sterben.«
Corinth verzog sein Gesicht wie jemand, der aus dem Wasser auftaucht; ein paar Sekunden später stand er neben Ludwig auf dem Zinkblech, oben auf dem Haus, zwischen Schornsteinen und Antennen, hochgemauerten Luftschächten, und überall war Raum, Welt. Es dämmerte; aus Böhmen stieg eine violette Nacht herauf, und das Tal war jetzt voller Nebel. Ein paar Meter weiter befand sich das Zimmer, in dem er wohnen sollte, rundherum Fenster und eine Eisenleiter, die zu einem Ausguck auf dem Dach führte.
»Hab ich zuviel versprochen?« rief Ludwig. »So etwas finden Sie in Amerika nicht!« Er zeigte in die Tiefe, auf einen bekiesten Dachgarten mit Schornstein.
»Dort hing Krschowsky.«
»Haben Sie ihn gekannt?«
»Wer kennt schon einen Verrückten?« fragte Ludwig mit ausgebreiteten Armen. Er stellte die Reisetasche in das Zimmer, in dem sich ein Bett, ein weißer Tisch und ein Stuhl befanden. Er begann, mit einem Handtuch die Fliegen zu verjagen.
Es war das Gegenteil von einem Zimmer: rund um das Bett lag der Horizont. Corinth ging ans Fenster, steckte sich eine Zigarette an und betrachtete die kleinen Lampen, die im Tal geboren wurden. Plötzlich, einen Augenaufschlag lang, hatte sich der Nebel verwandelt in ein Spitzenkleid aus Licht. »... *nein, denn ich* ...« (: ein kleines Mädchen). Das frostige Gefühl, im Ausland zu sein, erwachte zum ersten Mal in ihm; etwas Tierisches, das Bewußtsein, in einer un-

bekannten Landschaft zu sein. Ich bin müde, dachte er, legte seine Hand auf das kühle Glas und sah nach unten, wo der Wagen mit Hella und dem Koreaner aus dem Tor bog und langsam zwischen den dunklen Bäumen zum Fluß hinabfuhr. Ohne einen weiteren Blick ins Tal zu werfen, setzte er sich auf das Fensterbrett, schob seinen Hut auf den Hinterkopf und blies Rauch in die Luft.

»Hm«, schnaubte Ludwig und ließ das Handtuch sinken. Corinth hielt ihm ein Päckchen Lucky Strike hin. Mit schiefgelegtem Kopf zog Ludwig eine Zigarette heraus.

»Behalten Sie das Päckchen.«

»O nein, Herr Doktor, wir sind keine Bettler.« Nachdrücklich schüttelte er den Kopf.

Corinth fühlte sich unbehaglich. Ludwig suchte einen Verbündeten in seinem Haß auf das Regime, aber dem Gast des Regimes mißtraute er, er suchte Mitleid, doch er lehnte es ab mit dem Stolz von jemandem, dem es schlecht geht (mit einer Pension). Ächzend legte Corinth sich auf das Bett und hoffte, daß Ludwig jetzt gehen würde. Der hatte bereits die Hand an der Klinke.

»Seien Sie abends vorsichtig, wenn Sie aus dem Zimmer kommen, es wird hier oben vom Tau ein wenig glatt. Gibt es noch etwas, was ich für Sie tun kann?«

»Ich danke Ihnen. Sie sind sehr freundlich.«

»Ach was. Ruhen Sie sich nur ein wenig aus. Die Toilette ist auf der zweiten Etage.« Er ließ die Klinke los. Als Corinth ihn ansah, sagte er: »Nehmen Sie es mir nicht übel, Herr Doktor, wenn ich Sie frage.« Er zeigte vage auf Corinths Gesicht. »Hatten Sie einen Unfall?« Sein Gesicht war ein wenig verzogen, und seine Finger spielten wieder mit dem Plektrum.

»Das kommt von der Liebe«, sagte Corinth.

Ludwig verschwand über das Zinkdach. Die Nacht kam jetzt schnell und strömte von allen Seiten in das kleine Zimmer. In der einen Hand eine kleine Cognacflasche, in der anderen den Verschluß, aus dem er trank, starrte Corinth an die Decke. Er war in Dresden. Er sah sich selbst, daliegend, auf einem Bett, in einem Turm, in Dresden ... rauchend und ununterbrochen trinkend, sah er an die Decke. In einer Ecke faulte die Wand: eine herrliche Stelle von bröckelndem Kalk, aus dem Schimmel wuchs, rosa und graue Wolken. Er dachte, wenn mir nicht bewußt ist, in Dresden zu sein, wo bin ich dann? Ich bin nicht in Amerika, ich war nie in Amerika. Er erinnerte sich an etwas, das er irgendwo gelesen hatte (oder hatte er es sich selbst ausgedacht?): *Die Seele reist zu Pferd.* Als er zum ersten Mal nach New York kam, mit dreizehn Jahren, war ihm erst nach drei Tagen klar geworden, daß er da war: beim Überqueren einer Straße, mitten zwischen den Autos: *New York*. Seine Seele war zu Pferd nachgekommen – da war sie. Sie ließ sich nicht motorisieren. Im Augenblick segelte sie ein paar hundert Kilometer vor der Küste von Long Island, auf einem Schoner mit flatternden Segeln unterwegs nach Europa; vor der Herberge in Le Havre wieherten die Postkutschenpferde. Sie würde erst ankommen, wenn er schon längst wieder in Baltimore war – Monate später, wenn er mit nackten Unterarmen, die aus dem weißen Kittel ragten, und einem Stück Plastik vor seinem Mund über eine Frau gebeugt stand, die ihren Mund voller Gold in Richtung Himmel aufsperrte, in dem sich graue Berge aus Blei türmten – *Dresden.* Dann erst würde seine Seele mit Ludwig die Treppe hinaufgehen und nach den sterbenden Fliegen schauen. Monatelang würde er ohne sich auskommen müssen, so wie er nach dem Krieg jahrelang ohne sich ausgekommen war. Er trank und schloß die Augen und dachte: Die Erde ist übersät mit Menschen, die ihren Seelen in Zügen und Autos und Flugzeugen vorausgeeilt sind, und hinter dieser Welt liegt das achtzehnte Jahrhundert der atemlosen Seelen zu Pferd, in Barken, in Postkutschen, einige holen sich nie mehr ein. Überall sterben Körper ohne ihre Seele, und die einsamen Seelen reisen noch immer umher, wechseln die Pferde, übernachten in Tavernen, reisen weiter, sind unterwegs zu einem Grab. Und einige Seelen verunglücken, oder werden von Räubern ermordet, oder selber zu Räubern. Mit einem tief ins Gesicht gezogenen Filzhut und einem schwarzen Tuch vor dem Mund springen sie mordlüstern aus den Sträuchern hervor, wenn auf der Landstraße eine gute Seele erscheint, ein Heiliger, ein Engel –

»*... die schöne Helena spielt nicht mehr ...*« (: ein Kerl auf einem Viadukt).

Sofort war er wieder wach. Es wurde dunkel; der Cognac brannte in seinem Blut. Er hatte die kurze Fahrt durch Ost-Berlin vor Augen: das antike Panorama, das Reichstagsgebäude, schwarz und mit einem kaputten Hut auf der kahlen Fläche; die Wilhelmstraße: Reste von Regierungsgebäuden, die wie Aussätzige in Reih und Glied standen, zugige, ausgebrannte Gerippe. Hella (Hella) hatte gesehen, wie er ein umgefallenes riesiges Betonei auf einem Stoppelfeld betrachtet hatte. Dort, sagte sie in unpersönlichem Fremdenführerton, der nicht das Ei, sondern ihn verneinte, das Luder, er würde es ihr schon noch zeigen, dort hat die Reichskanzlei gestanden; das Ei war der Luftschacht von Hitlers Bunker. Für eine Sekunde hatte er die Nähe eines widerlichen Geheimnisses gespürt. Aus den dumpf brodelnden Tiefen Asiens waren Schwärme armer Teufel hierhergekommen, für jeden eroberten Meter starben viele von ihnen, um eine Kakerlake irgendwo hier in einem Keller zu vertilgen. Er stand in den Überresten des benachbarten Palasts, der in Fetzen geschossen war, wegfaulte, den Himmel im Dach hatte. Er kostete den Gedanken, daß von hier aus einmal die Vernichtung der Erde gesteuert wurde. Hier waren sie eilig herumgelaufen mit ihren Akten, auf dicken Teppichen, im Lampenlicht, zu einer hinkenden Spinne, die mit einem Filmstar im Bett lag, geschickt von einem ordenbehangenen Schwein vor einem Spiegel, im Namen einer Kakerlake; hier hatten sie ihre Bluthochzeit gefeiert, während ihr Land von brennendem Menschenfleisch qualmte, mordend über den Planeten taumelnd. Er dachte, hätten wir vielleicht *nicht* herfliegen sollen, um das Nest in Schutt und Asche zu legen? Minutenlang schaute er auf das Skelett einer breiten Treppe, die still im Raum aufstieg, stöhnend vor Heimweh, und das Heimweh war in seinen Augen; in einer Ecke tropfte eine funkelnde Perlenschnur in eine Pfütze.

Er verbrannte sich die Finger und stand sofort, auf seine Kleider schlagend, neben dem Bett, die Kippe schwelte auf dem Bettvorleger. Feuer, dachte er, trat es aus, wankte und ging ans Fenster; sein Kreuz schmerzte vor Müdigkeit; die Flasche war leer. Die See. Es war beinahe Nacht. Die Sterne waren ins Tal gefallen. Wo sich das Zentrum der Stadt befinden mußte, war es dunkler als an den Rändern: Dort leuchteten Vorstädte im Nebel; durch die Finsternis in der Mitte zogen sich schnurgerade Laternenreihen. Er dachte an Hella. Er dachte, sie denkt, daß ich denke, daß sie denkt, daß mein Gesicht abstoßend ist. Er dachte, sie geht verloren, heute abend noch. Er sah ihre Gestalt, wie sie auf ihn zukam, zuerst auf dem Flugplatz, später auf der Terrasse; er lehnte sich mit der Stirn gegen das Glas. Eingefressen in die Stadt, lag der Fluß, gekrümmt vor Schmerz, sanftes Licht,

lebendiges Wasser (mit Messern und Waffen); unter der Terrasse krochen Bäume, Ruinen und Wege, dunkel und sich windend, den Hügel herauf.
Er machte Licht und zog sich aus. Neben dem zerfetzten Mann auf dem Bett stand er nackt vor dem Waschbecken und wusch sich mit einem Schwamm, während er dachte, die ganze Stadt kann mich mit Ferngläsern sehen. Er drückte den Schwamm über seinem Nacken aus und brummte vor Vergnügen; er dachte, ich bin betrunken. »Du wirst dich wundern«, sagte er laut und sah seinen Körper im Spiegel an. Bei der Begrüßung in Tempelhof hatte sie kurz geschluckt, eine Bewegung in ihrer Kehle – es wurde photographiert und weitergeleitet. Nachdem er sie gefragt hatte, ob sie verheiratet sei (im Auto: sie war geschieden), hatte sie an ihrem Ring herumgedreht: Sie hätte genausogut sagen können, ich sehne mich nach dir, deine wahnsinnige Pavianfresse wächst schon in meinem Bauch, mir läuft das Wasser im Mund zusammen. Es wurde photographiert und weitergegeben an das unterirdische Hauptquartier, die zentralen Stäbe, die Kartenräume, das wölfische Bunkerarchiv.
»Dich krieg' ich. Dich krieg' ich.«

I. Gesang

Ambrosisch die Nacht. So wie im brechenden Auge des Helden plötzlich noch Streitlust glänzt, so schickt ein schwarzer Fleck auf den Hügeln durch die atemlose Luft eine Girlande herauf, einen hilflosen Gruß – Fest, und begrüßt im blutigen Haus die weitgereisten Gäste: Feuerwerk! die reichen Onkel aus Übersee, stöhnend unter den Geschenken; – so sitzt in den Sträuchern eine einsame Seele hinter ihrem Maschinengewehr. Drei Sekunden lang fürchterlicher Donner, und Feuer bricht aus dem Aether (vier, fünf Schemen glänzen wie die unerwartet aufleuchtende Todesangst, die Gefährtin der Liebe), es bricht die Kette – leise ziehen die letzten Lichtlein in die duftende Finsternis und verlöschen. Der stolze Frank lacht, der Meccano hinter seiner Kanone auf dem stolzen Rücken des luftdurchpflügenden Schiffes; ein Damenstrumpf aus Nylon schmückt ihn und hängt herab vom lachenden Haupt. Vom Abzug nimmt seinen Finger der blauäugige Corinth und faltet über dem Stahl seine Hände. Liegend auf seinem Bauch in der tosenden Glasnase, späht er leise pfeifend über die Erde hin, die vierzig Meter unter ihm vorbeischießt. Behaglich stehen kleine Feuer auf den Hügeln und in den Tälern: Scheunen und Bauernhöfe in Flammen, verwandelt beim Ausschalten der Flak. Keine Messerschmitt auf dem dahingestreckten Luftfeld. Jedoch wie in den Fabrikhallen der Stahl, herausgegraben das Erz aus der zerrissenen Erde und herangeschafft mit Zügen und in Öfen daraus gewonnen, das rauchend fließende Metall, geschlagen wird mit unzählbaren Hämmern – und weit weg hört in den Büros den dumpfdonnernden Lärm eine Typistin und bekommt Angst: So brüllen in der Nacht die Motoren der Liberators, schwarze Fische vor den Sternen, ein Schwarm, der aus dem Meer über halb Europa sich legt, tief über der erbebenden Erde unterwegs zu einer alten Stadt, über der bereits die Lichter angezündet sind. Und aus dem Cockpit kommt vom edlen Archie der Ausruf: »Ich glaube, du hast ihn erwischt, den Hunnen.« Also spricht er; und schwitzend darauf der Blauäugige fragt: »Kann man nicht ein Fenster öffnen?« Fragt es und sitzt in der Hocke und zieht aus die verschlissene wattierte Jacke. Die Kanone gleitet im Wind sanft hin und her. Und im abendlichen Schattenwald hinter ihm verdirbt sich der untadelige Patrick seine Rehaugen mit einem Witzblättchen. So wie der Welpe, aus-

gelassen durch die wärmende Frühjahrssonne (ein Jahr der Ernte, ein Jahr des Kampfes), seine Hinterfüße im Klee durch die Luft wirbelt, meckert – und der junge Melker lacht: So meckert der Städtevertilger in den zitternden Schatten. Dann ertönt die kräftige Stimme des kartenlistigen Harry und spricht: »Noch sieben Minuten.« So seine Worte; doch schief grinst der zeichenkräftige Jimmy, der tapferste der New Yorker, und gibt ihm einen Zettel. Darauf springt der Kartenlistige in seinem Sessel auf und hebt an und spricht zu jenem die geflügelten Worte: »Gottverdammt, der ganze Mist natürlich wieder zum Teufel. Ausweichen nach Rabenau und eine halbe Stunde warten.« So spricht er; und der unerschrockene Landüberstürmer Archie fragt die Frage: »Wo ist das in Gottes Namen?« Dies seine Frage; und der kartenlistige Harry ruft die Götter an mit den Worten: »Das mag Gott wissen. Das erstbeste Warenhaus wird besser geführt.« So betet er; und der Zeichenstarke spricht: »Vektor hundertdreißig.« Und der unerschrockene Archie wiederholt seine tapferen Worte: »Vektor hundertdreißig.« Und seitwärts dreht sich das herrliche Luftschiff. Darauf spricht der Zeichenstarke die ruhmreichen Worte: »Drei-Vier-Null.« Und der stolze Archie erwidert: »Drei-Vier-Null.« »Winkel zwei.« »Winkel zwei.« »Da haben wir sie!« rief Corinth.
Speichel schoß in seinen Mund, und er mußte schlucken. Ein Fest, weißer als die Sonne, stieg in der Ferne aus der Nacht empor. Während die Maschine ihre Nase drehte und langsam anfing zu steigen (nach allen Seiten fiel der Schwarm auseinander), sah er hinüber zu der aufgerissenen Dunkelheit, ein Sommertag im Tal unter dem Schnee der Leuchtkugeln, eine Stadt der weißen Angst an einem Fluß aus Magnesium, umgeben von dämmrigen Hügelrücken.

Die Bombardierung mußte schon angefangen haben, höher kehrten die ersten Maschinen zurück: Lancasters, das waren die Engländer. Er spürte den Beginn einer Erektion und legte sich schwitzend in Position hinter seiner Kanone. Bis weit an den Horizont füllte sich die Luft nun mit Maschinen, ausweichend, wartend, manchmal in Stockwerken übereinander, über Dörfern und Wäldern, eine Organisation von tausend Flugzeugen – und dann in Wellen heranstürmend über die Stadt, eine Stadt über der Stadt, eine Stadt zehntausend hart arbeitender Männer ... Der Genuß der Erregung wogte durch seinen Körper. Es hatte etwas mit der Vergangenheit zu tun, Hobbys, Klubs: eine Arbeit, die von allen zusammen getan wurde, aufgenommen zu sein in einem Ganzen, ein Ziel – »Die schwarze Hand«, »Die Kuriere des Todes«: hinter einer kleinen Scheune mit einem Stock Figuren in die Erde malen; ein nebliger Novemberabend und darin ein Gefecht auf einem Feld voller Gruben zwischen zwei blinden Mauern und einem Kanal, das manchmal in seiner Erinnerung auftauchte, voller Heimweh, weil es so gut organisiert war, ohne organisiert zu sein, so in den Schlamm und den Abend eingegraben, und mit so vielen, wohl an die vierzig Jungen, die Gruben naß und dunkel und voller Jungen, die Luft voller Steine, LEBENSGEFÄHRLICH, *und er selber in die Erde beißend und an sein Zuhause denkend – die Zimmer voll Licht, seine Mutter darin –, das es jetzt nicht mehr gab, nicht mehr geben durfte, wodurch er einsam und mächtig wurde mit den Jungen in der Nacht.*

III

Ortswechsel

Günther hielt an. Die Straße, auf der gelbe Lichtflecken lagen, war leer; im Licht der Scheinwerfer stand ein Schild: »VERBOTEN – AUCH FÜR FUSSGÄNGER«. Auch die Seitenstraßen waren leer. Zwischen den Straßen war nichts: Nacht, bewachsenes, hügeliges Feld, aus dem Trümmer ragten, manchmal ein Stück Kellermauer. Seit zehn Minuten irrten sie herum, ohne jemandem zu begegnen.
»Was jetzt?« fragte Günther und verschränkte seine Arme. »So können wir nicht weitermachen. Vor einer Stunde habe ich es gleich gefunden! Ich erkenne überall Einzelheiten wieder, Ruinen, Schutthügel, Straßen, aber wie alles zusammenpaßt, weiß ich nicht.«
»Können Sie nicht zur Brücke zurückfahren?«
»Norden, Osten, Westen ... haben Sie einen Kompaß? Ich weiß nur, daß wir uns auf jeden Fall im Zentrum befinden.«
»Warten Sie.«
Corinth stieg aus und sah nach oben. Im Licht einer Straßenlampe kletterte er auf einen kleinen, steilen Hügel. Er suchte den Großen Bären, dann den Polarstern und rief zeigend:
»Dort ist Norden!«
Günther öffnete die Wagentür.
»Was sagen der hochgeehrte Herr?«
»Dort ist Norden!«
»Aha.«
Wie ein erstarrter Käfer stand der Wagen unter der Laterne; Günther sah mit seinem Clownsgesicht zu ihm hoch. Corinth nahm den Hut ab, sah sich um und lächelte, ohne Au-

gen und Oberlippe zu bewegen. Jahrhundertealter Nebel zog über das Unkraut auf den Hügeln. Es war kühl und still; unter seinen Füßen lagen Trümmer, in seinem Schädel pochte der Cognac. Er hob einen kleinen Stein auf, holte tief Luft und entdeckte in einigen Kilometern Entfernung ein hell erleuchtetes Gebäude.

»Ich sehe einen Turm.«

Günther kletterte nach oben und blieb neben ihm stehen.

»Das neue Rathaus!« rief er. Die Hacken zusammenschlagend, nahm er vor Corinth Haltung an und sagte: »Hiermit entlasse ich Sie aus Ihrem Eid. Wir müssen nun doch nicht Ihr Bein verspeisen.«

Corinth sah ihn an, und er sah zurück, unsicher. Die Sterne pfiffen zwischen ihren Zähnen hindurch. Ein Pavian, dachte er, ein Pavian – was macht er hier? Er lachte ungeschickt und wandte seine Augen ab; schweigend starrte er ins Dunkel. Kurz darauf sagte er:

»Hier überall liegen noch Zehntausende von Menschen.«

Corinth verzog sein Gesicht wie jemand, der aus dem Wasser auftaucht. Günther sah ihn wieder an, seine Narben, er schluckte und sagte:

»Herr Doktor. Ich war auch im Krieg.«

Corinth nickte. Was wollte der Junge? Langsam zogen die Nebelschwaden nun auch über die Straße.

»An der Front?« fragte er nach einer Weile.

»Ja, Herr Doktor.«

»Wie alt bist du denn?«

Günther wandte seinen Blick wieder ab. Es war, als ob er nun etwas gestehen würde, wonach er den ganzen Tag gefragt worden war.

»Ich war dreizehn. Ich war in der HJ.«

»Was ist das?«

»Die Hitlerjugend. In Berlin. Wir wurden bewaffnet, als die Russen schon überall in der Stadt standen. Wir wurden als letzte rekrutiert. Wir spielten in den Straßen Soldaten, schossen aber mit echten Kugeln, auf echte Menschen. Mein Helm war viel zu groß, und ich bekam das Eiserne Kreuz. Vom Führer selbst«, sagte er und sah Corinth in die Augen. »Der Führer inspizierte uns im Innenhof der Reichskanzlei, beim Eingang zum Bunker. Wir waren alle dreizehn oder vierzehn. Er hat mir einen sanften Klaps auf die Wange gegeben.« Günther berührte seine linke Wange. Seine Lippen zitterten. »Ich weiß nicht, warum ich Ihnen das alles erzähle.«

Das Licht der Straßenlampe wurde für einen Moment schwächer und schien dann wieder heller. Corinth dachte: Soll ich jetzt seine Wange berühren? Sich wiegend, lachend, vor dem Bücherregal sich drehend, tauchte Eugène auf.

»Welche Farbe hatten seine Augen?« fragte er und fühlte im gleichen Augenblick eine unbegreifliche Rührung, einen Kloß in der Kehle, wie ein ehemaliger SS-Mann in seiner Stammkneipe. Ich bin betrunken, dachte er.

»Ich weiß es nicht«, sagte Günther.

Ich bin betrunken, dachte Corinth. Er sah Günther weiter an. Plötzlich wurde ihm kalt.

»Laß uns gehn. Frau Viebahn wird sich schon fragen, wo wir nur bleiben.«

Die Leere wehte um den Wagen. Eine Raupe wand sich aus der Ebene empor, oben brannte ein Auge in ihr; kurz darauf fuhren sie durch ein Villenviertel: ausgebrannte Kolosse in verwilderten Gärten. Er dachte, jedes einzelne Haus ist ein schwarzer Trümmerhaufen. Erstaunen packte ihn, und er ballte die Faust um den Stein. Zwischen den mit sich selbst angefüllten Häusern – die Schutthaufen waren in den Fenstern zu sehen – gingen wieder Menschen: Wracks, die in erleuchteten Nischen herumwirtschafteten. Über ihnen lag Wäsche auf Plattformen, die früher Zimmer gewesen waren und nun den Blick auf prähistorische Skelette und hallende Wände freigaben: »SEITE AN SEITE MIT DER SOWJETUNION IM KAMPF FÜR DEN FRIEDEN«. Sie erreichten eine stark befahrene Kreuzung, an der neue Gebäude und eine rußschwarze Kirche ohne Türme standen, und fuhren an einem Jahrmarkt vorbei. Das hell erleuchtete Riesenrad drehte sich schweigend zu den Sternen hin, und mit ihm schien Dresden durch das Weltall zu rotieren. Dann war es wieder dunkel.

Günther, die Lippen wie ein Feinschmecker gespitzt, das Gesicht dicht an der Frontscheibe, fuhr nun schnell und sicher. Er hielt unter den Bäumen vor dem Hotel an.

»Ende der großen Irrfahrt!«

Corinth stand, mit dem Geheimnis des Ortswechsels im Blut, unter den Bäumen. Er hatte ein Rauschen im Ohr, als er zu dem neuen weißen Hotel auf dem Platz hinübersah, und alles stand still, glitt kaum wahrnehmbar auf die andere Seite. Er murmelte einen kurzen Dank und ging hinein, war plötzlich im Hellen, umspült von Betriebsamkeit und leiser Musik.

Aus einer Gruppe, die an der Rezeption stand, löste sich Hella und kam, mit Zetteln in den Händen, auf ihn zu. Er suchte nach Worten.

»Wir haben uns verirrt«, sagte er und sah sich befremdet um.

»Ach?« Ihre Simme klang hart, geschäftsmäßig.

»Mit Hilfe der Sterne haben wir den Weg gesucht.«

»Sie entschuldigen mich, bitte.«

Eilig lief sie einem braunhäutigen Herrn in einem weißen

Burnus entgegen, der durch die Drehtür nach drinnen watete, und entblößte dabei ihre Zähne in einer Weise, die nichts mehr mit Lachen zu tun hatte.
Corinth legte die Stirn in Falten. Überall brannten Lampen. Er fühlte ein nicht enden wollendes Erstaunen in sich, ein Gefühl wie Hunger. Aber worüber war er so erstaunt? (Darüber, daß er den Weg zurück von Tohu nach Bohu gefunden hatte, daß er hier war, dieses unglaubliche Glück, ein Mensch und zudem lebendig?) Die Wände schimmerten beige und regten sich nicht, zwischen ihnen bewegten sich Gestalten. Ich bin müde, dachte er, ich bin nur müde und betrunken. Ein fettes blondes Fabelwesen nagte von seinem schweinsledernen Fauteuil aus an ihm, zum Sprung bereit. Hella lief von einem Gast zum nächsten.
»Ich kann Ihnen versichern, daß ich hier bestimmt bald verrückt werde, sehr bald«, sagte sie und machte eine Notiz in ihren Unterlagen.
»Wir hatten uns verirrt.«
»Das sagten Sie. Würden Sie bitte mitkommen, Herr Doktor?«
Er wollte etwas sagen, etwas Persönliches, etwas Strategisches, doch er befand sich bereits in einer blauen Wolke voller Männer mit Gläsern in den Händen. Im Schleier aus Rauch und Worten, auf einem schweren Teppich, stellte Hella ihn Deutschen, Polen, Siamesen, Russen, Niederländern vor: Fleisch gewordene Worte aus dem Brief an jenem Septembermorgen.
»Herr Doktor Corinth aus den Vereinigten Staaten. Herr Professor Doktor Chelcický aus Brnó.« »Herr Doktor Corinth aus den Vereinigten Staaten ...«
Krähen, Frösche, Spinnen, Barsche schüttelten ihm überrascht die Hand und stellten sich auf Zehenspitzen, um ihn

vorbeizulassen. Tsch'wè Unsang gab ihm die Hand und sagte »Tsch'wè Unsang«, als hätte er nicht schon stundenlang auf den Straßen, Feldern, Hügeln und Ruinen von Deutschland Corinth seinen Hinterkopf gezeigt. Ein Neger in einem ziegelroten Kleid sprach Hella auf französisch wegen seines Rückflugtickets an, und sie verschwand mit ihm zwischen den Körpern. Einsam schüttelte Corinth Hände, Hände zogen ihn immer weiter in den kleinen Saal hinein. »Corinth.« »Corinth.« »Corinth.« Er bekam einen Schwindelanfall, der Raum verwandelte sich in ein grölendes Hirngespinst, in dem er plötzlich allein war mit seinem Namen; er ballte seine linke Faust fest um den Stein, der einzig noch existierte, der Stein, der sich in seine Handfläche drückte, und eine Zeitspanne von – »... *von ... Zenon. Zenon.*« »Zenon.« Worte rannen, Gesichter, ein Glas in seiner rechten Hand und eine kleine Flamme, die weich wurde. Ein lachendes Gesicht blies die Flamme aus und lachte laut.
»Der Herr Amerikaner schließt seine Augen und gedenkt des Philosophen Zenon!«
Zähne blitzten, bissen in die Luft und rauchten. Er selber rauchte; eine dicke Zigarre – Churchills V-Zeichen: Der Sieger hatte vom Zigarrenrauchen einen Krampf in den Fingern. Er sah auf.
»Schneiderhahn, Alexander, Westdeutschland.«
Ihm gegenüber verbeugte sich im Gedränge ein Gorilla, eine Zigarre in der einen, ein Glas in der anderen Hand, einen Schnurrbart hatte er nicht, aber an seinem Kinn wuchs ein dunkler, viereckiger Bart (ein Mann, der ihm gegenüber in einer Gruppe stand und sich verbeugte, in einem weißen Hotel, in einer zerstörten Stadt, ach, unvergeßlich, unvergeßlich). Schon stand er wieder gerade, muskulös und leicht nach hinten gebeugt, aus welchem Urwald sah er auf ihn

herab? Welcher über seine Kräfte hinausgewachsene Knabentraum von Macht, Mord, Machenschaften, angezettelt in nassen, dunklen deutschen Gassen, in denen Kinoausgänge glänzten –?
Corinth sah nach seinem Glas.
»Wodka!« rief Schneiderhahn. »Weltrevolution! Sie müssen etwas Pfeffer hineintun.«
»Viel Pfeffer, bitte«, sagte Corinth.
Schneiderhahn schüttelte den Pfefferstreuer.
»Sie sind Philosoph, Herr Doktor? Ein Abgesandter des Präsidenten der Vereinigten Staaten Schopenhower?«
Er lachte laut.
»In diplomatischen Verhandlungen mit Präsident Adenower«, sagte Corinth. Welch ein Trank!
Schneiderhahn lachte.
»Sie wissen, wir Kommunisten sind alle Philosophen. Ohne Philosophie würden wir keinen Bissen Fleisch runterkriegen. Sind Sie Kommunist?«
»Das müßten Sie mir einmal erklären.«
»Wird gemacht, wird gemacht. Morgen fangen wir mit dem Manifest an. Ein Gespenst geht um in Europa!« Er hob einen Arm. »In drei Tagen zweifeln Sie nicht mehr an den historisch notwendigen Segnungen des Kommunismus. Vor allem dann nicht mehr«, sagte er und beugte sich vor, »wenn Sie sich hier ein wenig umgesehen haben.«
War er kein Kommunist? Er lachte wieder.
»Zenon! Niemals wird Achilles die Schildkröte einholen! Wer ist Achilles – Sie oder wir? Oder unterhalten Sie sich lieber nicht über Politik?«
Corinth stützte sich auf einen Stuhl, auf dem eine Inderin in einem weißen Sari saß. Er trank sein Glas aus, schloß die Augen und sagte:

»Ist diese Stadt vielleicht die gleiche?«
»Pardon?«
Haha! Aber was hatte das zu bedeuten? Sein Glas wurde wieder gefüllt. Es zog, und in einer Ecke begann der Raum sich zu leeren. Schon redete und lauschte er mit halb geschlossenen Augen wie ein Gläubiger dem Orakel seiner eigenen Lippen.
Er sagte (und sagte nicht), Herr Schneiderhahn, werter Herr, Kommunist oder nicht, die Zeit läßt alles in Verwesung übergehen. Er sagte, daß der Raum in Begriffen der Zeit ausgedrückt wird. Man sagt nicht, das ist soundsoviel Kilometer entfernt, man sagt, das sind zehn Minuten zu Fuß, fünf Stunden fliegen, eine Woche mit dem Schiff. Warum sollte man dann nicht umgekehrt die Zeit in Begriffen des Raums ausdrücken? *Ach, der Krieg war vor Quadrillionen Kilometern. Meine Jugend – Lichtjahre vorbei.* Er sagte, denn wir drehen uns doch um die Erdachse, und mit der Erde um die Sonne und mit der Sonne reisen wir zum Apex im Sternbild des Herkules: Eine in sich gedrehte Spirale im All, so existieren wir im Weltraum.
»Natürlich, Herr Corinth, Sie wissen: Minkowski ...«
Er sagte, und deswegen erzählt man uns, wenn wir auf einen Hügel kommen, daß Napoleon hier gestanden hat. Aber das ist nicht wahr, denn es war nicht *hier*, nicht an dieser Stelle, sondern irgendwo in der Tiefe der Nacht zwischen den Sternen im Bild der Taube. Dort liegt die Geschichte, der gestrige Tag, und mit einer Geschwindigkeit von 72000 Kilometern pro Stunde verlassen wir den Frieden, den Geist, der auf Jesus hinabkam, und sind auf dem Weg zur Reinigung des Augiasstalls. Das steht alles in Büchern.«
»Hahaha, Herr Corinth!«
Nicht wahr? sagte er – rundum der Horizont ist tot. Doch

was wissen wir schon von den Finten des Raums, von seinen Krümmungen und Veränderungen? Hier sind wir so, aber dort, in einem Jahr, einem Jahrhundert, einer Sekunde ist die Welt anders und nicht wiederzuerkennen. Er sagte, ich sag' es Ihnen. Er sagte, wir können uns nicht einmal genaue Vorstellungen davon machen, Herr Schneiderhahn, denn wir wissen nicht mehr, wie es war, weil wir selbst anders geworden sind, und wir müßten zurückreisen, um es zu erfahren, aber dann wären wir wiederum nicht hier und nicht anders geworden. Wir können überhaupt nicht denken, denn jedes Glied ist Teil einer anderen Kette; wir denken, aber jede Sekunde ist es jemand anders, der denkt, irgendwo anders im Weltall, in einem anderen Zimmer, in einer anderen Stadt, auf einer anderen Erde, sagte er – wir sind eine unendliche Zahl von anderen.

»Aber, Herr Corinth –«

Er sagte, jaja, jeden Augenblick erwarte ich, daß Sie mich erschlagen, daß Sie sich in Luft auflösen, sich in ein Taxi verwandeln, in einen Herd, einen Gorilla, oder daß das Zimmer plötzlich zu einem Pottwal wird oder sich langsam darein verwandelt und ich zu einer Schachtel Lucky Strike werde, das sind Zigaretten, oder zum Genfer See, warum nicht? Oder was würden Sie, sagte er und legte sein Gesicht in Falten, von einem Waruhmstel halten? Oder einem Zwidalpa? Oder vielleicht gar von einem Javonenstrig?

»Herr Corinth ...«

Corinth kniff die Augen zusammen, trank einen Schluck und rauchte. Er dachte, o Gott, wie bin ich umhergeirrt, habe gelitten und bin von Ort zu Ort gezogen: ein Ding der Vernichtung. Wo war Hella? Seine Hand fuhr tastend durch die Luft, und er sagte, oder sehen Sie nicht, daß ich phosphoresziere? Wir befinden uns irgendwo im Raum, wo ich

phosphoresziere, zwischen Taube und Herkules, im November 1956, 11 Minuten vor halb 9 – da brennt definitiv mein Lämpchen, bei Ihnen im Saal, nein, nein, das eines anderen bei jemand anderem in einem anderen Saal – wenn Sie rasch zum Fenster gehen, dann sehen Sie es vielleicht noch über den Trümmerhaufen in die Nacht verschwinden …
Sie waren allein. Das Hotel hallte dumpf. Plötzlich gab es in dem Raum Sessel, kleine Tische, leere Sofas, der Teppich war mit Asche verschmutzt. Schneiderhahn stand mit vorgeschobenem Brustkorb ein paar Schritte von Corinth entfernt. Hinter ihm standen rauchende Aschenbecher, und er hob beim Rauchen zugleich mit der Zigarre den ganzen Arm: ein Ringer vor seinem blutenden Gegner (und der Saal konnte den Anblick nicht länger ertragen). Der Rauch zog zur Tür, von dort kam Hella, geschminkt, hübsch und ohne Papiere, auf sie zu. Draußen hörte man Stimmen und Gedröhn.
»Wollen die Herren nicht essen? Alle sitzen bereits am Tisch.«
»Mein Gott, gnädige Frau, der Herr Amerikaner hat mir etwas vorphilosophiert. Handelt es sich hier vielleicht um einen Irrtum? Findet nebenan ein Astronomiekongreß statt?«
»Das würde Herrn Ludwig sicher nicht wundern«, sagte Hella zu Corinth und lachte. »Was für Thesen haben Sie aufgestellt?«
Corinth sah sie an. Der Zahn glänzte an ihrem Hals. Sie hatte etwas beschlossen – daß sie es sich erlauben konnte (was konnte ihr schon passieren?), der arme Kerl mit seinem zerfetzten Gesicht. Mit einer Hand hielt er sich an der Stuhllehne fest.
»Daß ich mich jeden Moment in ein *Taxi* verwandeln

könnte!« rief Schneiderhahn. »Und daß die Vergangenheit nicht existiert!« Er nahm Hella beim Arm und bog dabei seine eigenen Arme wie ein Mann, der sich bald alles nehmen wird, schob den Vorhang beiseite und zeigte in den schwarzen Himmel, zu den Sternen.

»Sehen Sie! Dort fliegen wir!« – sah aber zu den Panzern, die aus dem Dunkeln auftauchten, den Geschützen, den Panzerwagen und Lastautos, die hinter den Bäumen durch die Ausläufer des Lichts aus dem Hotel ratterten und um die Ecke verschwanden.

Hella lachte und drehte sich um.

»Nur die Zukunft existiert, nicht wahr, Herr Corinth, das wollten Sie damit sagen?«

Corinth zog an seiner Zigarre und spürte Verlangen nach ihr. Ihr Lachen bestand aus mehreren Stockwerken, ein Turm der Stille in der Wüste von Isfahan. Er lächelte und wußte, daß er monströs aussah.

Schneiderhahn lachte laut.

»Es scheint ein Buch zu geben«, sagte er, »in dem bewiesen wird, daß Napoleon nie existiert hat. Das wäre etwas für Sie. Im Augenblick ist die Zeit vielleicht reif für ein Buch, in dem bewiesen würde, daß Adolf Hitler nie existiert hat: daß Hitler zum Beispiel ein Trick der Juden ist – um die Deutschen anzuschwärzen!« rief er und schrie vor Lachen, verschluckte sich, streckte seine Arme zur Seite und verbeugte sich tief vor Corinth, wobei Speichel in immer länger werdenden Fäden auf den Boden tropfte. Auch Hella, eine Hand auf Schneiderhahns Rücken, verbeugte sich. Rot wie eine Erdbeere richtete er sich auf. Das Dröhnen verebbte.

»Soll ich Ihnen ein Glas Wasser holen?« fragte Hella.

»Es ist schon vorbei«, keuchte Schneiderhahn und wischte seinen Mund ab, während er mit dem Schuh den Speichel in den Teppich rieb, in dem leeren Raum, der voll gewesen war und in dem jetzt ein kleiner Stein lag, als ob er alles wäre, was übrigbleibt von dem, was ein Mensch in einer fremden Stadt sagt, ein kleiner Stein, der übrigbleibt von dem, was ein Mensch in einem Raum sagt, in dem nun der Rauch kalt wurde und zu stinken begann. »Ich habe mich nur verschluckt.«

Der Professor war so alt wie die Bäume, die in Dresden gestanden hatten, bevor sie in der hellen Nacht um halb drei über die Hügel geblasen wurden; aber wie an einem stillen Strand spazierte Karlheinz Ruprecht friedlich im letzten Schein der Sonne, die, orange wie eine Mandarine, über seinem Leben unterging. Allerdings hatte er sich auf den glänzenden Versuchsfeldern der Zukunft, auf die es ihn aus den Laboratorien und Lehnstühlen von Jena und Göttingen verschlagen hatte, erkältet: Er stockte und starrte mit zusammengekniffenen Augen auf die Blätter in seinen Händen.

»...die heroischen Taten im Dienste der Menschheit, über alle ideologischen und geographischen Grenzen hinweg, die heilbringende Fahne der ...«

Mit einem verlegenen Nicken und durch den Mund atmend, legte er die Papiere auf das Pult, drehte sich um und blies mit gekrümmtem Rücken und beiden Händen an der Nase den Schleim in ein Taschentuch und zugleich in die Eustachische Röhre, so daß er schwankte und taub wurde.

Auf Zehenspitzen schlich ein Photograph an den Tischen entlang und ließ den Blitz aus zwei Lampen springen, die ein rothaariger Junge neben ihm wie Monstranzen hochhielt.

Corinth streckte sich und sah auf das Kärtchen mit seinem Namen, das vor seinem Teller an einer kleinen amerikanischen Flagge lehnte. Er konnte sich nicht daran erinnern, jemals so müde gewesen zu sein. Das kam nicht nur von der Reise, der schlaflosen Nacht und dem Alkohol, es war nicht nur Müdigkeit, es war ein Gefühl von Abriß. Seine Nieren waren zwei zusammengestürzte Villen in wüsten Gärten, sein Rücken war die verkohlte Kirche an der Kreuzung. Er stützte die Arme auf den Tisch und lauschte der Musik, die hinter den Mauern schwebte.

Der Saal war in das Licht und die Stille auseinandergefallen. Mit kaltem Blick sah er auf Hellas Hand, rechts von ihm neben ihrem Teller, sie hielt eine ägyptische Zigarette mit Lippenstift auf dem goldenen Mundstück zwischen ihren Fingern. Der Anblick erregte ihn. Er dachte, einmal in ihr explodieren, und ich werde auferstehen als der Göttliche Jüngling, den sie nicht wiedererkennen wird! Als er aufsah, begegnete er auf der anderen Seite des Hufeisens Schneiderhahns Blick, der schelmisch große Augen machte. Obwohl es noch nichts zu essen gab, kaute er auf irgend etwas; vielleicht auf einem Menschen.

»...die stets größer werdenden Heerscharen, die triumphierend der Morgendämmerung der Zukunft ...«

Corinth betrachtete das Fähnchen und dachte, du wirst dich sicher über deinen Neffen wundern, Uncle Sam. Er wundert sich selbst. Aber er muß gewisse Dinge herausfinden, entdecken, auch wenn er selbst nicht weiß, welche. Aber das wußte Kolumbus auch nicht, Uncle Sam, und was wärest du ohne ihn?

Corinth blies gegen das Fähnchen, nahm seine Tischkarte und schrieb auf die Rückseite: »*Wo war Chauffeur Günther im April '45?*« Mit seinem Bleistift schob er es zu Hella, so wie es Minister tun, während die Opposition redet, und dann zerknüllt der Empfänger den Zettel und lächelt.

Das Kärtchen kam zurück. »*In Königsberg. Warum?*« Er sah kurz auf die Antwort und schrieb dann darunter: »*War das damals nicht schon durch die Russen befreit?*« Er sah nicht zu ihr hinüber. Kurz darauf kam die Antwort: »*Ja. Warum?*« »*Auftrag des amerikanischen Geheimdienstes*«, schrieb er auf die andere Seite über seinen Namen.
»...die unveränderlichen Gesetze der Geschichte, so wie sie genial formuliert wurden von Marx, Engels, Lenin und ... Hatschi! Verzeihen Sie bitte.«
Dann schrieb er unter seinen Namen: »*Der Professor hat gerade sein fünftes Taschentuch genommen. Er hat noch 3579. Guten Appetit, ich hänge mich auf*«, legte das Kärtchen vor Hella, schob seinen Stuhl nach hinten und ging an den Tischen vorüber – vorbei an Kretern, Mongolen, Senegalesen, Zyprioten, Usbekistani, Belgiern: auf Zehenspitzen, iliacos intra muros peccatur et extra, der einzige, der im hellen Raum ging, immer der einzige; vorbei an allen Menschenrassen und allen Aufgaben. Ein Eskimo putzte leise seine Nase, Journalisten neben der Glastür machten sich Notizen, dahinter stand ein Kellner und schaute zu, wie Corinth näher kam. Im letzten Augenblick, als ob er nicht glauben könnte, daß sich überhaupt jemand bewegte, zog er die Tür auf und sagte höflich:
»Zur Toilette rechts die Treppe hinunter, Herr Professor.«
Den Qualen von Licht, Stille, Schleim und dem Atem von hundert Menschen entkommen, ging Corinth über den Flur: ein Befreiter, aber die Musik hinter den Mauern war verstummt. In der Halle ließ das Fabelwesen lockend die Zeitung sinken. Er ging zur Rezeption.
Was nun? Hinter der Theke stand niemand. Er sah zu den hölzernen Eiern am Schlüsselbrett und dachte, *Dresden.*

Mit einer blauen Heftzwecke war ein Photokalender an der Holzvertäfelung befestigt; die Heftzwecke steckte im Photo eines Hotels, dieses Hotels, und hing wie ein Ballon in den Bäumen und war dort zu einem geheimnisvollen, blauen Mahnmal für die Gefallenen geworden.
»Herr Doktor, das können Sie nicht machen.«
Hella. Hinter ihr erhob sich das Fabelwesen und bewegte sich balzend zum Aufzug.
»Sie sehen, daß ich es kann.«
»Nein, das geht nicht. Nicht während der Begrüßungsrede.«
»Bei Schnupfen, Schleim und Geräuschen, die nichts bedeuten.«
»Der einzige Amerikaner verläßt während der Begrüßungsrede den Kongreß. Morgen steht es in der Zeitung. Sie vergessen, daß Sie hier nicht Herr Corinth sind, sondern Amerika. Ich kann es auch nicht ändern.«
»Der Feind der Arbeiterklasse«, nickte Corinth. »Sie glauben doch nicht, daß ich in Amerika auf meinem Stuhl sitzen geblieben wäre. Dort ist auch jeder erkältet.«
»Darum geht es nicht. Ich habe mich auch gelangweilt. Jeder langweilt sich. Der Professor selber auch. So sind die Spielregeln, die ich nicht gemacht habe, und wenn Sie weglaufen, zeigen Sie dadurch den anderen nur, daß Sie die Regeln noch nicht kennen. Und wenn Sie das Spiel nicht mitspielen wollen, was ich mir gut vorstellen kann, dann sollten Sie keine Kongresse besuchen. Nehmen Sie es mir nicht übel.«
Er dachte, verdammt, die wäscht mir vielleicht den Kopf.
»Sie meinen, ich sei dumm.«
»Sie sind eher etwas ungestüm. Sie haben zuviel getrunken.«

Sie sah auf das beschriebene Kärtchen in ihren Händen. »Entschuldigen Sie bitte, aber ich weiß nicht, wo mir der Kopf steht. Zwei meiner Kollegen sind krank geworden, ich mache die ganze Organisation zusammen mit einem achtzehnjährigen Mädchen.« (Er dachte, ach? Wo ist denn die Kleine?)
»Was interessiert Sie eigentlich an Günther?«
»Nichts. Neugierde.«
»Was werden Sie jetzt tun?«
»Ich weiß nicht. Zum Jahrmarkt.«
»Kommen Sie auch nicht zum Essen?«
»Ich esse wohl ein Würstchen auf dem Riesenrad.«
»Herr Corinth, Sie sind ein Lümmel. Sie schwänzen.« (Er dachte, so wie doch noch ein Tropfen aus dem zugedrehten Hahn fällt, kommt ihr heute nacht der Gedanke an die Heimkehr, in die dunkle Burg von Krschowsky auf dem Hügel – die Türen, ihr Zimmer mit den vier Betten.) »Haben Sie eigentlich vor, die Sitzungen zu besuchen?«
»Ab und zu vielleicht.«
Hella sah ihn überrascht an.
»Aber waren die nicht wenigstens ein Grund dafür, daß Sie nach Deutschland gekommen sind?«
»Nein.«
Corinth sah sie fest an. Sie war zu verblüfft, um etwas zu sagen. Durch den Flur kam Schneiderhahn wie der Große Gewalttäter näher: mit großen, langsamen Schritten, nach hinten gelehnt in seiner erschreckenden Kraft. Hella machte eine Bewegung mit dem Kärtchen.
»Sie meinen, Sie haben sich einen kleinen Urlaub auf Kosten der DDR genehmigt?«
»Nein, keinen Urlaub«, sagte Corinth und fuhr sich durchs Haar, »keinen Urlaub.« Er sah sich um, sah auf das Ei mit

dem Schlüssel, das Schneiderhahn auf die Theke legte: 17.
»Kennen Sie meinen Freund Joseph McCarthy?«
Hella drückte ihre Zigarette aus.
»Gut. Dann gehen wir eben zum Jahrmarkt.«
»Gehen Sie ruhig essen. Ich finde meinen Weg schon.«
»Ich werde Sie begleiten, Sie sind unser Gast.«
»Aber wenn ich das«, sagte Corinth freundlich, »später in Amerika erzähle, zum Beispiel während der Besuchszeit im Gefängnis für politische Gefangene, wird dann nicht jeder sagen, da siehst du es, die lassen dich nicht aus den Augen, dort gibt es keine Freiheit?«
»Dann gehen Sie in Gottes Namen allein«, sagte Hella.
Ihre Augen wurden blauer, voller Abscheu sah sie ihn an. Sie trat einen Schritt zur Seite, um Schneiderhahn, der seinen Körper über die Theke lehnte, um irgend etwas zu nehmen, Platz zu machen; der Empfangsangestellte eilte durch eine Tür herbei und reichte ihm einen Photoapparat und ein Band, an dem Döschen und Meßgeräte hingen.
»Bitte sehr, Herr Professor. Verzeihen Sie bitte.«
»Frau Viebahn«, sagte Corinth und nahm seinen Hut, der ihm freundlicherweise hingelegt wurde, »seien Sie mein Gast.«
»Gehen Sie nur, gehen Sie nur. Und achten Sie vor allem darauf, ob Sie nicht verfolgt werden.«
»Ich lade Sie ein – ich habe zweihundertfünfzig Mark.«
»Nein, nein.«
Auf dem Treppenabsatz nahm er ihren Arm und spürte ihn (ein Schritt und noch ein Schritt und ein weiterer Schritt – und schon unterwegs zur schäumenden Gischt, die sich hinter mir schließt, brechend sich verschiebt, unsichtbar wird im Ozean): ein kräftiger, weicher Arm. Auf den Stufen sah er sich um, ob er den blauen Ballon in den Bäumen entdek-

ken könnte, aber leer irrten die Zweige zwischen den Sternen umher. Er lachte. Als Hella ihn ansah, sagte er:
»Ich bin fröhlich.«
»Gott sei Dank«, sagte Hella.
In einem der Autos, die im Dunkeln unter den Bäumen standen, saß, ein Bein aus der offenen Tür gestreckt, Günther neben einem Kollegen; als er sie sah, sprang er mit einem Ausdruck der Überraschung auf und eilte mit einladenden Gesten an den anderen Autos vorbei zu ihrem. Corinth dachte, der Abend glänzt; der Abend. Er ließ Hellas Arm los und ging zu Günther, der ihm lachend entgegensah. Kurz vor ihm blieb er stehen und schlug ihn mit einem leichten Klaps auf die linke Wange.
»Hallo!«
Auf dem Treppenabsatz gab es eine leise, blendende Explosion, die weiß in die Bäume sprang; aus dem Blitz trat lachend Schneiderhahn und kam die Stufen hinab. Er trug einen grünen Jägerhut mit Federn und klopfte auf seine Kamera.
»Für später. Die nehmen wir mit zum Apex!«

Stille Wälder, friedliche Hügel

Voller Steine und Lichtfetzen holperte die Nacht vorbei. Plötzlich leuchtete links und rechts die Elbe auf und zog in großen Mäandern durch die schwarzen Hügel und die Stadt. Die Lampen auf der Brücke tauchten das Wageninnere abwechselnd ins Helle und Dunkle. Hin und wieder sah Corinth zu Günther hinüber, der süßlich vor sich hin lächelte. Auf dem Rücksitz redete Schneiderhahn.

»Wissen Sie, Frau Viebahn, Photographieren bedeutet Mitnehmen. Erinnern Sie sich noch an die Klebebildchen früher? Eine Kuh auf einer Bergwiese. Sie wurden in irgendeiner schmuddeligen kleinen Fabrik hergestellt, die in einem Schuppen hinter einer Garage untergebracht war – aber Sie klebten es auf die Hand und trugen es durch Ihr junges, überschaubares Leben. Ja, ja, meine Dunkelkammer. Sie müßten mich dort einmal arbeiten sehen. Ein Alchimist. Einer, der mitnimmt. Und im Dunkeln, ein enges, unauffindbares Kabuff mitten im Haus, geeignet, um sich vor seinen Mördern zu verstecken; bei rotem Licht. Was glauben Sie, wo er ist, wenn er in das funkelnde Wasser starrt und unter seinen Händen Welt wollüstig auftaucht? Wenn dort ein Augenblick auftaucht, ist, stattfindet, den es nicht mehr gibt: der gestern, vorige Woche, als er mit seinem Apparat Knips! machte, zwischen den Sternen des Großen Bären verschwand?«

Corinth bekam einen kräftigen Schlag auf die Schulter und spürte das Gorillalachen in seinem Nacken.

»Später aber ist der Augenblick wieder da, mitgenommen, gestohlen, entwendet. Ist das nicht ein Wunder? Man hat die Zeit hinters Licht geführt! Der Augenblick ist zu einem

Negativ geworden, das ich wegwerfe.« (»*Danach kam Leipzig, Waterloo, und dann war es aus mit Bonaparte.*«)
»Ich mache nie Abzüge von den Negativen. Ach ja, eigentlich sollte man es immer so halten. Oder auch wieder nicht. Hören Sie besser nicht auf mich. Es macht kaum einen Unterschied. Wir sind alle müde, betrunken oder verrückt.«
Überall in den Straßen, durch die sie jetzt fuhren, liefen Krüppel mit Obstkörbchen aus Papier; wenn sie keine Hände hatten, ging eine Frau vor ihnen her, die das Körbchen für sie trug; einige hielten es auf dem Schoß oder dort, wo früher der Schoß war, und kurbelten sich in ihren Wägelchen durch das schmutzige Laternenlicht in die Seitenstraßen hinein. Günther hielt vor einem schwach beleuchteten Tor, an dem ein paar Burschen lehnten, doch niemand stieg aus. Schneiderhahn saß lachend auf dem Rücksitz, Corinth fuhr mit einem Finger über die Naht neben seinem Mund und sah zu einer Doppeltür auf der gegenüberliegenden Seite, aus der die Krüppel in hellen Scharen strömten: humpelnd, hinkend, auf Krücken und Tragen, lachend, mit Obst. Er drehte sich um und entdeckte Schneiderhahns Hand auf Hellas Knie und dachte, sehr gut, alles, was er tut, stärkt meine Position, weil ich es nicht tue.
Hella lehnte sich nach vorne, so daß er seine Hand wegnehmen mußte.
»Wo haben Sie uns um Himmels willen hingebracht, Herr Chauffeur?«
»Der Herr Doktor wollte doch in eine Arbeiterkneipe!«
Günther stieg aus und öffnete die Wagentüren.
»*Alexanders Bar!*« rief Schneiderhahn und zeigte auf das Tor. »Wie aufmerksam!«
Die Burschen betrachteten Hellas Beine und Corinths violetten Sommeranzug und sein lindgrünes Hemd. Corinth

blieb stehen. Auf einer dunklen Fläche neben dem Tor standen im scharfen Licht von Scheinwerfermasten Frauen an langen Gerüsten und klopften Steine. Das Klopfen und Tikken klang trocken, dünn, weit weg; die Frauen trugen Kopftücher. Er schlug den Kragen seines Jacketts hoch. Mit Steinen beladene Männer liefen überall in der Nacht hin und her. Es sah aus, als wäre das Publikum fortgegangen.

In der langen, unbeleuchteten Toreinfahrt, in der es nach Pisse stank und junge Kerle Mädchen gegen die Wände drückten, sagte Schneiderhahn:

»Wir sind entkommen! Ich hatte so ein Gefühl, als ob ich schon wüßte, was Professor Ruprecht noch alles sagen würde. Aber das freiheitliebende Amerika, ich gestehe es, hat mir den Mut gegeben wegzulaufen! Zum Glück ist Die Partei im Westen verboten, dort werden wir wenigstens mit solchen Ansprachen verschont.«

»Sind Sie Parteimitglied?«

Corinth stellte diese Frage. Vom Innenhof am Ende der Einfahrt her erklang Geschrei.

»Die Partei ist verboten«, lachte Schneiderhahn und blieb mit gespreizten Armen stehen. »Man kann nicht Mitglied in ihr sein.«

»Sind Sie Kommunist?«

»Selbstverständlich, Herr Doktor! Jeder ist Kommunist. Auch Sie sind Kommunist. Wer ist nicht Kommunist? Auch Frau Viebahn ist Kommunistin. Darum sind Sie heute abend mein Gast, Sie auch und Sie auch, Herr Chauffeur, geben Sie mir die Ehre.«

»Herr Schneiderhahn –«, hob Hella an.

»Abgelehnt! Ich lade Sie ein, weil ich in der DDR bin, wo Die Partei noch nicht verboten ist!«

Das Kinn vorgestreckt und den Jägerhut auf dem Kopf, betrat er den Innenhof, wo eine grelle Glühbirne mehr blendete als erleuchtete. Eine Gruppe Frauen schwärmte schreiend um einen Mann, der mit tiefen Zügen eine Zigarette rauchte und sich geringschätzig umsah. In einer Ecke, in der Mülleimer standen, lag zwischen leeren Flaschen und Abfall ein anderer Mann, der sich vor Schmerzen hin und her wand. Aus zwei offenen Türen ertönte Musik.

»Müssen wir wirklich hier rein?« fragte Hella.

»Ja, ja«, sagte Schneiderhahn und tastete nach dem Photoapparat an seinem Hals.

»Ihre Kamera scheint mir sehr wertvoll zu sein, Herr Professor«, sagte Günther.

»Ist es das, was Sie suchen, Herr Doktor?« fragte Hella Corinth kühl.

Corinth sah sie verwirrt an.

»Was sagen Sie?«

Sie schloß kurz ihre Augen.

»Wollen Sie nicht lieber zu Bett gehen? Es ist eine Schande. Sie sehen kreidebleich aus.«

»Ich ... Nein, ich bin nicht müde. Ich fühle mich gut. Wirklich ...«

Sowie Eugènes Buch am Horizont verschwand und die Scheibe klarer wurde, stieg in Corinth eine winterliche Klarheit auf. Er fletschte grinsend die Zähne, als wollte er Stücke aus dem Rauch und dem Lärm beißen. Haps, machte die Kneipe, und er dachte, lauter Deutsche, die noch leben.

Auf einem kleinen Podest tobte die Musikkapelle, zu deren Füßen tollte und drängelte sich das Dresdner Volk. Im Gänsemarsch arbeiteten sie sich zwischen den Tischchen hindurch, im Kielwasser von Günther, der ihnen mit clownesken Schritten den Weg bahnte, besoffene Kerle beiseite schob, einer Hure auf den Hintern schlug und plötzlich mit

einer Frau ins Gespräch kam, die eine Zigarre rauchte. Sie besah kurz die amerikanische Delegation und begann mit lauten Rufen, einen Tisch frei zu machen. Drei alte Männer schlurften unter Protest mit ihren Gläsern davon; ein Mann und eine Frau blieben sitzen.
»Das wäre geschafft!« rief Schneiderhahn, der an der anderen Seite neben Hella saß, warf sein Portemonnaie auf den Tisch und schlug mit der flachen Hand darauf. »Hier gefällt es mir besser!«
»Ich fühle mich wie eine Mutter, die ihr Kind im Stich gelassen hat«, sagte Hella. »In Berlin wird mir einiges blühen.«
»Im Gegenteil«, sagte Schneiderhahn, »wir machen es jeden Abend so! Wir werden ein unzertrennlicher Verein. Wenn alle Redebeiträge des Kongresses längst vergessen sind und jeder längst wieder in Indien oder Brasilien ist, dann wird man sich an uns noch erinnern! Der irre Verein, der jeden Abend die Stadt auf den Kopf stellte. Die bildhübsche Frau, der Amerikaner mit seinen Narben, der Schreihals mit seinem Bart und der dämliche Chauffeur. Was trinken Sie, Chauffeur? Wir lassen heute abend die Sau raus. Im Gedächtnis bleiben am Ende immer nur die Nebensächlichkeiten des Lebens. Voltaires Werke füllen einen ganzen Bücherschrank, aber bekannt ist nur noch der ›Candide‹, den er in zwei Tagen schrieb. Von Louis Quatorze dem Vierzehnten sind nur noch fünf Worte bekannt. Stellen Sie sich vor. Es ist möglich, daß wir dieser Tage etwas tun, vielleicht heute abend noch, was in tausend Jahren als einziges vom Kommunismus übrig ist. Vielleicht von unserer ganzen Kultur. Bestimmt. Es gab Kulturen, von denen weniger übriggeblieben ist: ein Lehmtäfelchen mit einem Kochrezept.«
Hella lachte nicht. Corinth dachte, ist er nun Kommunist oder ist er kein Kommunist? Die Kapelle spielte eine Polka,

als spielte sie zum ersten Mal eine Polka. Zwei Beine ragten über die Köpfe hinaus und verschwanden mit einem Schlag in Geklirr und Gelächter. Da dachte er plötzlich, oder er parodiert mich noch immer und er ist ein genialer Spötter (der Ernst mit Ernst verspottet) oder er ist nichts, kein Kommunist und kein Nicht-Kommunist, kein Spötter und kein Gorilla, sondern ein Weichtier, ein Schwamm, der nicht weiß, daß er sich bereits in mich verwandelt hat. Habe ich ihn so beleidigt? Habe ich ihm auf die Füße getreten? Wie ist er, wenn ich nicht dabei bin?

Die Frau mit der Zigarre kam an den Tisch, und Schneiderhahn bestellte Bier.

»Und die männlichen Angewohnheiten bitte auf das Zigarrerauchen beschränken!«

»Oh, da braucht sich der Fachmann keine Sorgen zu machen, diese Unart liegt mir nicht. Ich bin aus gutem Haus, wir waren 52 Familien, fließend Wasser an den Wänden...«

»Warum sind Sie so nervös?« fragte Corinth.

»Ich?« sagte Hella und legte ihr Zigarettenetui auf den Tisch. Sie lachte. »Ich muß mich erst ein wenig gewöhnen.«

»An mich?«

Sie wurde rot, wollte etwas sagen, schwieg aber. Er dachte, sie denkt, daß ich glaube, daß sie mein Gesicht gemeint hat, was ich aber nicht glaube, und daß ich es noch mehr glaube, wenn sie es abstreitet. Sie sagte (und dachte natürlich, ich darf ihn nicht länger verletzen, indem ich so tue, als ob ich es nicht sehe):

»Ihre Operation war bestimmt schon vor langer Zeit, Herr Doktor? Heutzutage macht man so etwas fast ohne Narben.«

»Aber mich haben Russen operiert.«
»Russen?«
»Ärzte der Roten Armee.«
Hella sah ihn mit hochgezogenen Augenbrauen an, und Corinth lächelte. Sie wandte ihren Blick ab, als Schneiderhahn wie ein Kartenspieler, der seine Trümpfe der Reihe nach aufdeckt, Photos auf den Tisch legte. Corinth beugte sich vor.
»Meine Frau«, sagte Schneiderhahn, »Blende 4.5, 1/1000 Sekunde Belichtung.« Eine dunkelhaarige Frau im Badeanzug schlummert auf einer Decke, den rechten Arm hat sie unter ihren Kopf gelegt, der sich zur Schulter neigt, die linke Hand ruht im Schoß, im Hintergrund eine Landschaft, die wie sie zu schlummern scheint.
»Eine hübsche Frau«, sagte Hella. Corinth bemerkte, daß sie nur mit Mühe ihre Aufmerksamkeit von ihm abwandte. »Und noch so jung. Sie lieben sie bestimmt sehr.«
»Natürlich«, sagte Schneiderhahn, »aber leider spielt das in einer Ehe kaum eine Rolle. Meine Schwester mit Kind auf dem Arm: Blende 3.5, die Linse ganz geöffnet, es war ein bißchen dunkel.« Ein Bild ländlichen Friedens, ein Bauernhof, ein alter Mann sucht auf den Knien nach einer zu Boden gefallenen Puppe. »Mein Vater«, sagte Schneiderhahn. »Vater, Schwester, Kind, Frau – alle verbrannt, geschmolzen, durchlöchert und verloren.« Das alles mußte er durch das Wüten der Kapelle hindurch brüllen. »Alte Photos!« rief er nickend und schlug auf die Bilder. Dann riß er die Augen weit auf und fuhr mit Faustschlägen über den ganzen Tisch, wobei er, wie bei einem Bombardement, »Bumm! Bumm! Bumm!« rief.
Corinth mußte lachen. Die Frau an ihrem Tisch, mit der Günther sich unterhielt, blickte Schneiderhahn erschrocken

an. Ihre Körpermasse hätte für vier Frauen gereicht; als Günther ihr etwas ins Ohr flüsterte, sah ihr Mädchengesicht mit einem engelgleichen Lächeln aus der gewaltigen Umschmückung auf.

»Herr Schneiderhahn«, sagte Hella, » – bitte.«

Schneiderhahn packte die Photos ein und trank das Glas, das die Wirtin vor ihn hinstellte, in einem Zug aus, holte Luft und sagte:

»Ich habe den ganzen Nachmittag Ruinen photographiert.«

»Wie können Sie nur«, sagte Hella.

»Oh, ich habe wunderschöne dabei. Im Westen gibt es kaum noch welche. Hinter der Frauenkirche habe ich eine der schönsten gefunden. Nur die vier Außenmauern standen noch, und in der Mitte wuchs ein Baum, der seine Äste durch die Fenster nach draußen streckte; zwischen den Blättern saßen Hunderte von Spatzen. Leider konnte ich die Geräusche nicht photographieren: den grünen, sich wiegenden, singenden Baum in der Ruine ... man hätte vor lauter Schönheit weinen können.«

»Es wird wohl an mir liegen«, sagte Hella, »aber ich verstehe nicht, wie eine Ruine schön sein kann.«

»Schönheit kann man nicht verstehen«, sagte Schneiderhahn und verbeugte sich kurz: »Sie kann man auch nicht verstehen.«

»Möglicherweise sind zwanzig Menschen in diesem Haus umgekommen.«

»Auf der Erde sind Milliarden Menschen umgekommen«, sagte Schneiderhahn mit einer wegwerfenden Geste, »jede Minute hunderttausend – und doch ist die Welt schön.«

»Zerstörung ist nie schön. Der Aufbau ist schön. Neue Wohnviertel sind schön.«

»Neue Wohnviertel!« rief Schneiderhahn und schnappte nach Luft. »Ich bin Kommunist und ich sage Ihnen, die Stalinallee ist nicht schön.«

»Richtig, gerade als Kommunist«, sagte Hella erregt. »Es geht nicht um die Stalinallee. Das gesamte westliche Bürgertum fände sie schön, wenn man ihm nicht vorher schon eingeredet hätte, daß sie häßlich ist. Es geht auch nicht um Sie oder um mich. Es geht ums Prinzip. Noch einen Schritt weiter und Sie werden aus Verlangen nach Schönheit zum Befürworter von Terrorangriffen auf offene Städte. Verzeihen Sie meine Offenheit.«

Corinth fand sie schön.

»Darf ich«, rief Schneiderhahn, »als Kommunist ein Portrait des Papstes von Tizian nicht schön finden, weil der Papst Katholik ist und das Bild mit Geld bezahlt wurde, das den Pfarrgemeinden abgepreßt wurde?«

»Das ist Geschichte.«

»Ihnen mangelt es an Phantasie«, sagte Schneiderhahn und schüttelte den Kopf. »Ich stelle die Terrorangreifer an die Wand, baue häßliche Wohnviertel und finde dann die Ruinen schön. Das Recht nehme ich mir. Ein Haus wird erst zum Haus, wenn es kaputt ist.«

»Sie reden nur so daher«, sagte Hella und stand auf.

»Alles wird, wenn man es zerstört, ein Haus.«

»Natürlich«, sagte Hella. »Entschuldigen Sie mich bitte, ich muß kurz telefonieren.«

Nachdem sie weggegangen war, sagte Schneiderhahn: »Kommunisten, Herr Corinth ...« Er hob die Augenbrauen und schloß kurz die Augen. »Übrigens fiel mir gerade wieder ein, daß ich morgen eine Verabredung in der Gemäldegalerie habe. Vor der Sixtinischen Madonna«, lachte er und blätterte in seinem Taschenkalender.

Corinth nahm einen Schluck von seinem Bier und fühlte im gleichen Moment, daß er besser daran getan hätte, nicht zu trinken. »Alexanders Bar« umhüllte ihn wie eine Wolldecke. Mit eleganten Gebärden und offenbar vielen Komplimenten sprach Günther auf die Frau ein, die geschmeichelt zuhörte; der Mann saß schief auf seinem Stuhl und sah ständig zur Tür, wo ab und zu Geschrei ertönte und Durcheinander entstand, jemand aufgeregt hereinkam, jemand drohend jemanden rief, jemand sich einen Weg bahnte, jemand jemanden zurückhielt. Auf der Fläche vor der Kapelle sprangen Arbeiter lachend mit Frauen durch den Rauch.
Und Corinth dachte, nachher ist es hier leer, dunkel, still. Die Theke glänzt in einem schwachen Licht, das tot durch die Fenster nach drinnen fällt; der Fußboden dehnt sich aus; die Lampen hängen erloschen im Abgrund. Er dachte, mein Zustand verschlechtert sich. Ich habe Heimweh nach der Gegenwart. Alles geschieht, und während es geschieht, existiert es nicht mehr. Schon während ich etwas erlebe, habe ich es nie erlebt. Nie bin ich irgendwo gewesen. Warum bin ich hergekommen? Amerika ist in den erstarrten Fluten des Ozeans versunken; nie war ich in dem weißen Hotel. Wenn ich zurückkomme und man mich fragt, was ich hier getan, wen ich getroffen, was ich gesehen habe, dann werde ich das so empfinden, als ob mich morgens die Polizei zu einem Traum der vergangenen Nacht verhört, der schon beim ersten Augenaufschlag verflogen war. Ich bin nirgends. Wenn ich sterbe, dann wird man einen leeren Sarg zu Grabe tragen.
»Wann kommt denn nun das Erschießungskommando, Frau Viebahn?«
»Glauben Sie nicht selber auch, Herr Schneiderhahn«, sagte Hella beim Hinsetzen, »daß Ihre scherzhaften Bemerkun-

gen einen merkwürdigen Eindruck auf unseren amerikanischen Gast machen müssen?«
»Ach, in Amerika weiß man sehr wohl, daß wir Kommunisten uns untereinander nicht wie die Ratten umbringen, sondern daß es hier Meinungsfreiheit gibt, daß wir die westliche Zivilisation nicht vernichten und niemanden unter das bolschewistische Sklavenjoch zwingen wollen. Oder stimmt das nicht, Herr Corinth?«
»Herr Schneiderhahn ...«, sagte Corinth, lehnte sich vor und überlegte kurz – »Sie machen, glaube ich, einen Fehler.«
»Wie meinen Sie das?«
»Sie glauben, daß ich entweder Anti-Kommunist bin oder Kommunist. Auf jeden Fall aber halten Sie mich für jemanden, den diese Frage interessiert. Leider ... Ich bin davon überzeugt, daß es ein Mangel in meinem Menschsein ist und daß ich schädlich bin und daß die Politik sich mit mir wohl auch beschäftigen wird, wie man so sagt, was sie ja auch schon getan hat, wie Ihnen vielleicht aufgefallen ist, aber ...« – er zuckte die Schultern und schwieg. Er dachte, ich habe selber keine Ahnung.
Schneiderhahn sah ihn ununterbrochen an, die Zigarre auf halber Höhe zwischen Tisch und Mund haltend.
»War es ein Zufall, daß Sie in ein kommunistisches Land gereist sind, Herr Doktor?«
Corinth verschränkte die Arme und lächte freundlich.
»Ich bin zu einem Zahnärztekongreß gefahren.«
Schneiderhahn kniff die Augen kaum wahrnehmbar zusammen. Corinth sagte:
»Aber vielleicht irre *ich* mich ja auch. Vielleicht beschäftigt Sie etwas anderes: etwas, das ich nicht verstehe oder noch nicht verstehe. Nehmen Sie es mir dann bitte nicht übel.«

Schneiderhahn befeuchtete seine Lippen. Hella (dachte, jetzt geraten wir aufs Glatteis) sagte:
»Auf dem Hof scheint man sich immer noch zu streiten.«
An der Tür standen zwei Kerle, die sich gegenseitig anbrüllten, beide beugten sich, ihr Gewicht auf ein Bein stützend, in das zwischen ihnen liegende Niemandsland vor. Um sie herum standen andere, die ebenfalls brüllten oder die Achseln zuckten.
»Entschuldigen Sie, mein Herr«, sagte Schneiderhahn, als ob Hella ihn auf eine Idee gebracht hätte, zu dem Mann an ihrem Tischchen, »wissen Sie, was dort draußen für ein Krieg wütet?«
Der Mann drehte sich eine Zigarette. Ein Leben vor Feueröfen und in chemischen Dämpfen ließ seine Gesichtshaut aussehen, als wäre sie aus feuchtem Sand: ein Gesicht, wie es Schauspieler von all der Schminke und von all den Gefühlen anderer Leute am Ende haben. Mit Augen, so hell wie die vom Sonnenlicht blitzenden Fensterscheiben in einem Wohnviertel, sah er auf seine Hände, leckte an der Gummierung des Zigarettenpapiers und gab die fertige Zigarette der Frau.
»Da begleichen ein paar Gläubiger eine Rechnung.«
»Und wer ist der Schuldner?«
Der Mann sah ihn an.
»Sie werden ihn nicht kennen. Ein Sexmaniak.«
»Pfui Teufel«, sagte Günther.
»Ach, das ist ein alter Traum von mir«, sagte Schneiderhahn. »Als Kind schon wollte ich einer werden, aber ich war in den Augen der Frauen nicht häßlich genug. Schlagen sie ihn nur deswegen? Er hat doch nur Gutes getan.«
»Natürlich, bis zu dem Zeitpunkt, an dem die gesamte Belegschaft der Röntgenfabrik, in der er arbeitet, geschlechts-

krank war. Wenn es nach mir ginge, dann kriegte der da draußen derartig was in die Fresse, daß seine Zähne anschließend in seinem Arsch Klavier spielen könnten. Er ging mit jeder Frau ins Bett, auch wenn sie doppelt so alt war wie er und schon sechs Kinder hatte.« Er leckte an seiner Zigarette und sah nach der Tür. »Viel wird von dem nicht übrigbleiben.«

»Vor Gott sind alle Frauen gleich«, lachte Schneiderhahn zu Hella hinüber.

»Sie lachen«, sagte Hella, »über jemanden, der eine Gefahr für die Volksgesundheit ist. Sie finden immer alles nur lustig.«

Da sah Corinth, daß die Frau ihn anlächelte: grüne Augen mit goldenen Punkten. Verlegen hielt sie den Kopf ein wenig schief – vielleicht weil er ein Fremder war, vielleicht wegen der Narben in seinem Gesicht, vielleicht wegen der Geschichte oder irgend etwas anderem –, als Corinth es jedoch entdeckte, wurde er rot, so rot wie er noch nie geworden war. Erschrocken preßte er die Hände gegen sein brennendes Gesicht; etwas anderes wurde rot, nicht er, er empfand nichts, dachte nichts, die Kapelle spielte »*Wiener Blut*«, er schämte sich, weil sein Gesicht sich immer noch dunkler färbte.

»Fühlen Sie sich nicht wohl, Herr Doktor?«

Er nahm seine Hände weg, und Hella sah in ein Gesicht, das nur noch aus Andeutungen, Überresten, Erinnerung bestand. (So zerbricht, erstickt er an einer Frau – an wem? an wem?) Sie wandte ihren Blick nicht ab und dachte, die Rote Armee?

»Sehen Sie nicht mich an«, sagte Corinth leise. »Ich weiß nicht ... Ist sie nicht die schönste Frau der Welt?«

Wie eine Peitsche traf Hellas Blick die Frau.

»Nein, das finde ich nicht anständig von Ihnen, Herr Corinth. Sie ist eine Arbeiterfrau, die in ihrem Leben schwer geschuftet hat und vielleicht sieben Kinder –«

Wie sicher, dachte Corinth, wüßtest du, daß ich nicht spotte, wenn du selber eine Proletarierin wärest? Er sah sie an und dachte, aus der Sonne werde ich auf deine geblendeten Augen hinabkommen wie ein Hunne, und wie werde ich dich exemplarisch strafen. Wenn du auch nur etwas begreifen würdest, dann würdest du nun dem Gorilla zwischen die Beine fassen und ihn in die taubedeckten Hügel schleudern, du würdest alle Türen und Fenster verriegeln, soweit sie überhaupt geöffnet werden können, anstatt mir ins Gesicht zu sehen und zu fragen, ob ich mich nicht wohl fühle. Fühlte ich mich nur *unwohl* – dann würde ich mich wenigstens fühlen.

Er leerte sein Glas und hielt es, während das kalte Bier durch seine Brust floß, in der Hand. Die Tür stand offen, Männer drängelten aneinander vorbei, und als die Musik kurz verstummte, war der Tumult auf dem Innenhof zu hören. Er betrachtete die Frau. Schneiderhahn hatte sich vorgebeugt und seine Arme quer über den Tisch zu ihr hingestreckt, so daß seine gespreizten Finger sie fast berührten.

»Welchen Sinn hat es, darüber zu reden«, sagte der Mann und ließ dabei seine Zigarette zwischen den Lippen tanzen. »Es ist vorbei.«

»Erzähl doch, wenn der Herr es hören möchte, Günther«, sagte die Frau. Sie war darauf bedacht, einen guten Eindruck zu machen.

»Heißt Ihr Ehemann auch Günther?« erkundigte sich Günther angenehm überrascht. »Günther Karger«, sagte er mit einer Verbeugung.

»Sie haben ja sicher auch einiges erlebt«, sagte der Mann.

»Nichts Vergleichbares«, sagte Schneiderhahn. »Ich war nicht in Deutschland.«
»Was versprechen Sie sich von meinem Bericht? Es ist doch immer das gleiche Lied.«
»Nein«, sagte Schneiderhahn und klopfte auf den Tisch; irgendwas beschäftigte ihn, seine Stimme klang hart, und es war, als ob er nicht nur zu diesem Mann sprechen würde, »das hier ist ohne Beispiel. Unseren amerikanischen Freund wird es bestimmt auch interessieren.«
Er sah Corinth nicht an. Corinth drehte einen Bierdeckel zwischen den Fingern und horchte.
»Ich dachte eigentlich, daß wir vorhätten, uns zu amüsieren«, sagte Hella. Sie sah in den kleinen Spiegel ihrer Puderdose, als wäre darin der einzige Mensch zu sehen, über den sie sich nicht zu ärgern brauchte.
»Erzählen Sie, erzählen Sie«, sagte Schneiderhahn und sah mit weit geöffneten Augen auf sein Glas. »Das größte Verbrechen der Geschichte. Zweihundertfünfzigtausend Tote innerhalb einer Stunde, und dabei standen die Russen schon in Böhmen, und der Krieg war längst verloren.«
Gewonnen, dachte Corinth.
Als der Mann die Schultern hob, zitterte die Frau kurz und tat sofort so, als ob ihr kalt wäre (sie knöpfte trotz der Hitze ihre Bluse höher zu), und lachte zu Günther hinüber, der mit hochgezogenen Augenbrauen, die Finger auf dem Tischrand, zuhörte: der Ehrengast. Schneiderhahn sah niemanden mehr an. Der Mann hob wieder seine Schultern.
»Es war Dienstag, der dreizehnte Februar. Wir waren um neun Uhr zu Bett gegangen ...«
»Früher«, sagte die Frau.
»Macht das einen Unterschied?«
»Nein, aber es war halb neun. Ich weiß es noch wie heute.

Während der Radionachrichten nämlich habe ich das Feuer im Ofen gelöscht, denn«, sagte sie, zu den anderen gewandt, »es gab natürlich keine Kohlen mehr, und wir mußten mit dem Holz sparsam sein. Kochen mußten wir auf –«

»Genug gequatscht?«

Der Mann sah sie an, nahm sie aber schon nicht mehr wahr. Plötzlich drehte er seinen Kopf und fixierte eine Flasche auf dem Nachbartisch ...

13. Februar 1945. – Corinth horchte, versuchte zu horchen, aber zwischen ihm und den Worten war etwas, und er dachte, ich kann nichts verstehen von dem, was er sagt. Sie lagen im Bett. In den Bergen am Horizont dröhnten russische Geschütze. Ein Armeeauto mit Holzvergaser rollte scheppernd durch die Straße, denn Reifen gab es keine mehr. Vom Platz um die Ecke tönten Befehle und Schreie; in der Stadt herrschte ein Gewimmel wie in einer Vogelhandlung, Schwärme von Flüchtlingen, auf der Flucht vor der Front, schliefen in den Parks, auf den Elbwiesen. Hitler hockte entfesselt und erschöpft unter seiner zerstörten Hauptstadt und fraß Schokolade und süßen Kuchen, umringt von seinen Astrologen, Henkern und Medizinmännern. Auch wenn die Sonne noch aus blauem Himmel auf Dresden schien, gab es keine Sonne mehr, und der Himmel war aus Stein, eine alte Mauer. Wer es nicht miterlebt hat, wird es nie verstehen können. Die Stadt war tot, ehe sie starb; die Straßen und Kirchen existierten im Raum, aber es war nicht mehr die Erde, auf der sie standen: Etwas fehlte, man schrieb nicht das Jahr 1945, man war außerhalb der Geschichte, hunderttausend Jahre vor Christus. Erstaunlicher, als wenn ein Dinosaurier eines Tages sein Nest auf dem Innenhof des Zwingers gebaut hätte, war die Tatsache, daß niemand ein solches Tier in der Stadt entdeckt hat.

Tod. Erwachen. Als der Große Kakerlak sah, daß überall seine Gänge zerstört wurden, begann sein Todeskampf. Nur um darin zu sterben, hatte er die Gänge gegraben, ein Höhlentier, das Karten las; jetzt endlich fühlte er sich auf der Erde zu Hause, sie war die seine geworden, niemand erkannte sie wieder; in 12 Jahren war ihm das gelungen; die 12 Tore der heiligen Stadt, das Neue Jerusalem, das nun aus dem Himmel auf die Erde herabsank, gekleidet wie eine Braut, die für ihren Mann geschmückt ist, der Ring aus Feuer und Toten schloß sich langsam um ihren Keller – danach hatte es sich gesehnt, das heiße, läufige, brünstige Vieh, und das *wußte* es – die dunklen Heere aus dem Osten, der funkelnde Invasionsbasar aus dem Westen umschlangen es beruhigend, ein naschendes Kind, ein zerbrechendes Spermatozoon: wie im Mutterschoß.

»Er stand natürlich wieder am Dachfenster«, sagte die Frau. Wieder war es die Frau, die redete. »Er ging nicht in den Keller, er nicht. Dresden war den ganzen Krieg über verschont geblieben, weil die Stadt eine Kunstmetropole war, müssen Sie wissen. Wir hatten schon so oft Luftalarm gehabt, aber nie war etwas passiert. Manchmal sagt er, daß er es nicht glauben konnte, daß sie uns so vernaschen würden, die Engländer. Leuchtkugeln, Sie verstehen. In den Straßen sah er die Menschen rennen, als ob die Sonne schiene.«

»Waren es Engländer?« fragte Schneiderhahn.

»Nachts kamen doch immer die Engländer«, sagte der Mann und sah auf Corinth, der nickte und aus den Augenwinkeln nach Schneiderhahn sah. Der starrte auf die lange Zigarre zwischen seinen Fingern.

»Als er in den Keller kam, sah ich, daß er vor Angst halb verrückt geworden war. Ich saß mit unserer kleinen Tochter im Kohlenkeller. Sie schlief. Die meisten schliefen übrigens, in Decken gehüllt. Es war sehr voll. Er winkte uns zu sich, und wir saßen dann in der Nähe der Tür, aber er traute sich nicht, uns zu sagen, was er gesehen hatte. Niemand ahnte etwas. Wir hörten zwar Flugzeuge, aber es waren schon öfter Abfangjäger über die Stadt geflogen. Und eigentlich war der Krieg doch auch vorbei.«

Die Frau redete, und der Mann nickte nur noch mit dem Kopf. Plötzlich, als ob der Rufer länger darüber nachgedacht hätte, was er rufen sollte, brüllte bei der Tür jemand laut, um die anderen aufzuhetzen, worauf wütendes Geschrei losbrach. War es der Lustmolch? Der krankhaften Rache der Ehemänner entkommen? Die Frau wandte sich an Hella.

»Nun, und dann ging es los. Wir wurden durchgeschüttelt. Die ganze Bude wackelte. Plötzlich bebte es überall. Wir starrten zur Decke, niemand machte einen Mucks. Es war, als ob der Himmel hinabstürzte. Ich hab's vergessen«, sagte sie und legte ihre mit vier eisernen Ringen, die am kleinen Finger und am Zeigefinger steckten, geschmückte Hand auf den Tisch. »Ich glaube, er hielt uns in seinen Armen. Ich weiß es nicht mehr ... Plötzlich stürzte das Haus in den Keller.«

Corinth spürte Hellas Bein an seinem Bein. Wer hatte sich bewegt? Im gleichen Augenblick wuchs die Kraft in seiner Hose: eine Kanone, die sich am Atlantikwall aus der Tarnung auf das Meer hinaus schiebt. Er zog das andere Bein zu sich heran und stieß dabei mit seinem Knöchel gegen einen Stock, der schräg unter den Tisch ragte.

»Entschuldigung«, sagte die Frau und lächelte ihn an. Er starrte sie an. Der Stock bewegte sich weg. Hellas Bein verschwand.

»Hinterher weiß man nicht mehr, wie alles passiert ist. Er

war bis zu den Schultern zwischen Steinen eingeklemmt, und ein Körper bedeckte sein Gesicht. Auch wenn er hätte rufen können, hätte ich ihn nicht gehört. Tausende von Menschen hörte ich schreien, die ganze Stadt schrie, und dann die Bomben, und die Flugzeuge, und die Häuser, die einstürzten ... Ich konnte ihm nicht helfen, ich wußte nicht, wo er war und wo ich selbst mich befand. Fragen Sie ihn nur selbst, eine Stunde lang strömte Blut über sein Gesicht, und er wußte nicht, ob es sein eigenes war oder das von dem anderen: ein Griechischlehrer«, sagte sie, als ob sie sagen wollte: Das kommt davon.

»Und Sie selbst?« fragte Hella mit großen Augen, als ob noch alles möglich sei, der Ausgang ungewiß, als ob ihr die Tränen in die Augen schießen würden, wenn die Frau sagte: Ich war auf der Stelle tot.

»Sie lag auf der Straße«, sagte der Mann. »Mit dem Kind. Wie das passierte, weiß ich nicht. Sie wickelte das Kind in ihre Röcke und flüchtete zwischen den Feuerwänden. Alles brannte, die ganze Stadt, die Straßen waren zu Öfen geworden, aber die Flammen waren vor lauter Rauch beinahe nicht zu sehen. Innerhalb einer halben Minute wurden die Haare und die Kleider von ihrem Körper gesengt, der Rauch hätte sie beinahe erstickt, und es kam noch dazu, daß das Feuer den ganzen Sauerstoff verbrauchte. Sie erzählte, daß es überall nach verbranntem Fleisch stank. Auf einem Platz fand sie eine Teemütze, die sie sich auf den Kopf setzte. Dort konnte sie sich ein wenig ausruhen, als sie in Deckung gehen mußte: Bomben fielen zwischen die böhmischen Flüchtlinge, die wie blutige Maden durcheinanderkrochen. Menschen mit halbierten Körpern schleppten sich ins Feuer, um nur ja schnell zu sterben, ein Mann schlug auf dem Pflaster ein zerfetztes Kind tot.«

»... *wohlan, Limbo, gib die Blendlaterne nur* ...« (: ein schwarzhaariger Mann links unten).
»Und dann brach der Sturm los. Er entstand durch Unterschiede im Luftdruck oder so ähnlich. Das stand jedenfalls später in den Zeitungen. Wegen der Hitze in der Stadt kam von den Hügeln ein Sturm. Daraufhin brannte natürlich alles noch viel schlimmer, aber es kam wenigstens Luft, Sie verstehen. Ich weiß bis heute nicht, wie sie das geschafft hat, aber sie lief weiter; keine Ahnung wohin und wie lange. Die Bombenangriffe hörten jedenfalls auf, nur hier und da war noch eine Maschine am Himmel zu sehen. Ich weiß nicht wie, aber auf jeden Fall kam sie plötzlich aus der Glut in eine Art Kühle. Sie konnte nichts mehr sehen, wissen Sie, wenigstens fast nichts, aber plötzlich spürte sie, daß sie über Gras lief und daß überall Menschen lagen, und dann erreichte sie das Wasser. Die Elbe. Sie sagt, selbst im Himmel kann es nicht ein solches Gefühl der Seligkeit geben wie damals im Wasser der Elbe. Überall standen Menschen, bewegungslos, bis über die Schultern im Wasser, niemand stöhnte oder sprach. Alle standen sie nur im Wasser. Sie verschaffte dem Kind Kühlung, nahm es über die Schulter und ging so weit wie möglich ins Wasser. Und dann kam das Flugzeug. In vielleicht zehn Metern Höhe kam es mit den Schreien der Menschen. Es feuerte aus allen Kanonen, aber wenn Sie mich fragen, dann nahm sie das schon nicht mehr richtig wahr, was dort geschah. Sie dachte, irgendwas hätte in ihr Bein gebissen, und das Kind rutschte ihr aus den Armen, und sie tastete um sich herum im Wasser, und sie konnte es nicht mehr finden ...«
Der Mann schwieg. Die Frau nickte verlegen und wischte über ihre Wange. Günther nahm seine Finger vom Tisch, als ob schon der Anblick der Finger für jemanden, der ein Kind

verloren hat, verletzend wäre. Hellas Handtasche, in die sie die Puderdose getan hatte, machte Knipp! Hella deckte die Hand über den Verschluß und starrte auf den Tisch.
»Vielleicht war es schon seit Stunden tot«, sagte der Mann, während er nach seinem Portemonnaie suchte. »Wir haben uns darauf geeinigt«, sagte er, »daß es wohl schon gleich zu Beginn des Angriffs tot war.« Fragend sah er nach Schneiderhahn. »Noch mehr interessante Vorkommnisse? Wie ich mich nach achtundvierzig Stunden aus dem Keller retten konnte und ich ein Mädchen erwürgte, das mich darum bat? Wie wir die Schienen aus den Straßen brachen und tagelang mit Flammenwerfern Leichen verbrannten?«
Schneiderhahn war Der Erschütterte.
»Bitte nicht«, sagte er und zeigte auf das Geld.
Schläfrig sah Corinth zur Tür. Dort wogte ein harter Kampf. Dem Maniak war es gelungen, eine Gruppe um sich zu scharen; auch Männer konnte er offenbar erobern – selbst Verführer müssen immer wieder erstaunt sein über die Macht, die sie haben –, und auf der Schwelle lagen sich die gegnerischen Parteien in den Haaren, zusammengeschlagen, gestoßen, getreten. Alle Gäste waren zur Tür geströmt, und selbst das friedliebende Völkchen der Musikanten feuerte vom Podium aus diese oder jene Gruppe an. Corinth zog sein Gesicht in Falten und versuchte, sie im schwarzen Wasser zu entdecken, aber hier war der Krieg, und dort war er, und dazwischen war nichts. Zwischen den verlassenen Tischchen waren sie die einzigen, die noch saßen, und da sah er sie gehen: Das Holzbein ragte nackt und hart unter dem geblümten Rock hervor, das andere Bein war so dick wie zwei Beine. Der Mann hatte eine Hand auf ihren Rücken gelegt, und sie gingen weg; und da fühlte er sich in sich selbst aufspringen, von seinem Stuhl hoch, hin-

ter den beiden her – um was zu tun? zu flehen? zu betteln? sich auf den Boden zu werfen? –, und er horchte.
»Ich finde es skandalös, skandalös«, sagte Hella, »daß Sie Menschen, die hergekommen sind, um sich zu amüsieren, für Ihre Neugierde mißbrauchen. Man merkt deutlich, daß Sie während des Krieges nicht hier waren.«
»Ich war aber hier«, sagte Schneiderhahn.
Hella sah ihn mit gerötetem Gesicht an.
»Warum behaupten Sie dann das Gegenteil?«
»Ich hatte meine Gründe.«
»Entschuldigen Sie bitte, aber es gibt keinen Grund, menschliches Leiden für was auch immer zu benutzen. Schämen Sie sich vielleicht in der Gegenwart von Herrn Corinth? Vielleicht weil Sie an der Front waren?«
»Ich war nicht an der Front. Das heißt ...« Vielleicht überlegte er, vielleicht auch nicht. »In gewisser Weise war es eine Front.«
»Die Front ist die Front. Herr Corinth war vermutlich auch an der Front.«
Schneiderhahn blies eine dicke Rauchwolke zur Decke.
»Manchmal liegen die Dinge komplizierter. Es gab auch eine Front in Deutschland.«
»Eine Front in Deutschland?«
»Wissen Sie denn nicht«, sagte Schneiderhahn und legte seine Hand auf die ihre, »daß bestimmte Gebiete in Deutschland, hier und da, verhältnismäßig kleine Gebiete, zum Frontgebiet erklärt wurden? Auch wenn sie manchmal in stillen Wäldern, auf friedlichen Hügeln lagen?«
Hella starrte ihn mit offenem Mund an, als ob sie nicht glauben könne, was er gesagt hatte, dann sah sie nach der Hand auf der ihren. Plötzlich preßte sie ihre Hände gegen den Mund und sah sich suchend um.

Corinth sprang auf und packte sie unter den Achseln; und während hinter ihnen behelmte Polizisten mit Knüppeln gegen die Kämpfenden vorgingen, schleppte er sie schnell zu der Tür mit der Aufschrift »Damen«. Die Tür war verschlossen. Auf gut Glück öffnete er die Tür daneben, und in dem Augenblick, als sie nach draußen traten, spritzte unter ihren Händen Erbrochenes hervor. Eine Hand in ihrem Nacken, die andere über ihre Brust gelegt, schob er ihren Oberkörper vor und sah sich um, während Hella sich übergab, als ob sie nie mehr aufhören wollte.

Nacht. Kühle Stille. Das trockene Tick, Tick, Tick der Frauen und Mädchen im Scheinwerferlicht bei den Gerüsten. Er dachte, ich lebe.

Er drehte am Schalter, und ringsherum leuchteten Lampen auf; als er noch einmal drehte, erloschen einige, und eine Nachttischlampe neben einem der vier Betten ging an. Er half ihr aus dem Mantel und warf seinen Hut aufs Bett.
»Setzen Sie sich doch. Es tut mir leid, daß ich Ihnen nichts anbieten kann. Ich habe im Flugzeug eine Flasche Cognac gekauft, aber die habe ich schon ausgetrunken.«
»Machen Sie sich keine Mühe.« Sie setzte sich auf den Bettrand und strich sich über die Stirn. Ihr Gesicht war bleich, kantig; die jetzt stark hervortretenden Jochbeine verliehen ihr plötzlich mongolische Züge.
»Nehmen Sie doch einen Stuhl«, sagte er und sah sich um, aber in dem Zimmer gab es keinen Stuhl. Er setzte sich auf das gegenüberliegende Bett. Es roch muffig. Im Souterrain war Günthers Rumoren zu hören. Die stille Burg verschluckte das Geräusch; er sah sie an. Das dämmrige Zimmer schwankte vor seinen Augen. »Warum machen Sie es sich nicht bequem? Legen Sie sich doch hin.«
»Es ist mir unangenehm, daß ich Ihnen soviel Arbeit mache, aber jetzt geht es mir schon besser. Sie sind sehr freundlich zu mir gewesen, Herr Doktor.«
Sie legte sich nicht hin. Noch immer fand ein Kongreß statt, und er war der ausländische Gast. In aller Ruhe steckte er sich eine Zigarette an.
»Wenn Ihnen nicht schlecht geworden wäre, hätte uns wohl die Polizei aus dem Lokal geprügelt.« Er schwieg eine kleine Weile. »Haben Sie vielleicht etwas gegessen, das Ihnen nicht gut bekommen ist?«
»Wir haben nicht viel gegessen«, sagte sie und sah ihn dabei

nicht an. »Getrunken vielleicht. Und fürchterlich stickig war es auch, und dann noch diese Geschichte ...«
»Natürlich.« Er nickte. »Ansonsten aber eine bemerkenswerte, fesselnde Persönlichkeit, der Herr Schneiderhahn. Kannten Sie ihn schon vorher?«
Sie schüttelte den Kopf und sagte dann erst: »Nein.«
»In Ihrem Beruf begegnen Ihnen sicher die verrücktesten Menschen. Machen Sie das schon lange?«
»Ungefähr vier Jahre.«
Er bemerkte, daß sie froh über den Wechsel des Themas war. Wo war ihre Achillesferse? Wer war Schneiderhahn?
»Wie sind Sie zu diesem Beruf gekommen?«
»Sie opfern zuviel Ihrer Zeit für mich, Herr Corinth. Gehen Sie ruhig schlafen. Heute mittag dachte ich, daß Sie keine Stunde mehr durchhalten würden. Heute morgen waren Sie noch über dem Ozean.«
»Ich habe auch so ein Gefühl, als ob ich schon seit Tagen hier wäre.«
Sie nickte freundlich.
»Also dann: Gute Nacht.«
»Versuchen Sie mir etwa einzureden«, sagte er langsam, »daß Sie jetzt allein sein wollen?«
Sie schwieg. Er zog an der Zigarette und dachte, ob sie schon weiß, daß sie gleich mit mir ins Bett gehen wird? Er fühlte seinen Willen wie eine eiserne Waffe, wie ein Brecheisen in seinem Körper. Ihre weißen, kräftigen Hände lagen in ihrem Schoß. Er betrachtete die Szene. Am anderen Ende des Zimmers, zwischen hölzernen Säulen, standen gegeneinandergeschoben das dritte und vierte Bett. Darüber waren goldgelbe Ikonen in die Wandvertäfelung eingelegt. Er stand auf und setzte sich im Erker auf die Fensterbank.
»Sie waren allerdings streng mit ihm, als er von seinem

Hobby erzählte. Von den Ruinen.« Er bemerkte, daß er nicht »Schneiderhahn« sagte, als ob es selbstverständlich wäre, daß das Gespräch über niemanden anders mehr gehen könne.

»Ich weiß, mir fehlt Selbstbeherrschung …« (Er lächelte, bis er sah, daß sie es bemerkte, hörte plötzlich auf zu lächeln und lächelte dann wieder, weil er sah, daß sie sah, daß er plötzlich aufgehört hatte zu lächeln.) »Sie müssen verstehen. Nur Deutschen treten beim Anblick von Ruinen Freudentränen in die Augen. Eine Eigenschaft, die mißtrauisch machen sollte. Im achtzehnten Jahrhundert ließen sich deutsche Fürsten in ihren Parks künstliche Ruinen anlegen. Heutzutage ist das nicht mehr nötig, und man könnte sagen, daß die Ruinenromantik nach dem Krieg ein wenig altmodisch geworden ist.«

»Ach«, sagte Corinth, »ich glaube nicht, daß eine böse Absicht dahintersteckt. Er ist durch und durch Romantiker. Wenn er eine Zigarre raucht, dann ist das, als ob ein Naturereignis stattfindet. Alles, was er tut, ist in gleichem Maße pittoresk. Ab und zu mußte ich an meinen Vater denken, so wie ich ihn in Erinnerung habe, als ich fünf Jahre oder so war.« Er stand auf und sah nach draußen. »Es muß herrlich sein, einen Charakter zu haben.«

Sie antwortete nicht sofort. Auf der dunklen Terrasse kämpfte ein Engel mit dem stärkeren Schatten eines Rhododendronstrauches. Die Brüstung versperrte den Blick ins Tal.

»Halten Sie sich für charakterlos, Herr Corinth?«

Er sah aus dem Fenster, in dessen Scheibe sich ihr Bild nicht widerspiegelte, und fragte:

»Könnte man nicht anstelle eines Charakters etwas anderes haben?« Und als sie schwieg: »Ein Bild vielleicht? Oder einfach nur einen leeren Raum?« Er spürte, daß sie ihn nicht ansah; er ging langsam zu den Waschbecken und versuchte, den tropfenden Hahn zuzudrehen. »Vielleicht ist schon die Vorstellung, daß es so etwas wie ›Persönlichkeit‹ und ›Charakter‹ gibt, absolut romantisch.«

Sie sah ihn vom Bett aus an und sagte nach einer Weile: »Der Krieg ist erst dann vorbei, wenn der letzte, der ihn erlebt hat, gestorben ist.«

Sie war nicht dumm. Er sah auf ihre Beine, und seine Geilheit bellte, bellte; er zitterte kurz und dachte, warum kann ich nicht zu ihr hin gehen und mich dort über den Rand des Bettes schweigend auf sie legen? Hier war er, und dort war sie, und draußen flog nur eine Krähe durch die schwarze Schlucht!

Er sagte: »Zweimal war ich heute betrunken, und zweimal bin ich wieder nüchtern geworden. Ich fühle mich so wach wie seit Jahren nicht mehr.«

»Könnte ich das nur auch von mir behaupten. Morgen um neun Uhr muß ich wieder da sein, dann ist ein Empfang im neuen Rathaus. Ich frage lieber nicht, ob Sie auch kommen.«

»Natürlich dürfen Sie fragen. Ich höre Sie gern reden.«

Sie lachte.

»Einem Kongreßteilnehmer wie Ihnen bin ich noch nicht begegnet.«

Er lachte auch und dachte, ich muß mich beeilen, sonst schickt sie mich wirklich noch weg. Hoch über seinem Kopf, oben auf dem Dach, spürte er seinen gläsernen Käfig, und er fühlte, daß er da nicht hin wollte. Er überlegte. Es war zu spät für irgendwelche taktischen Erwägungen, persönliche Gespräche, zärtliches Eindringen in des anderen Herz: Blitz! Er mußte sie ärgern, sie überrumpeln!

»Es ist lange her«, sagte er, »daß ich in Europa mit einer Frau in einem Zimmer war.«
Sie lachte ziemlich überheblich durch die Nase.
»Sind die amerikanischen Frauen denn so anders, Herr Doktor?«
»Die gibt es nicht.«
Sie sah zu ihm hoch.
»Sind Sie nicht verheiratet, Herr Doktor?«
»Es sieht so aus«, nickte er.
»Finden Sie es eigentlich schick, so von Ihrer Frau zu reden, Herr Doktor?«
Er dachte, Achtung!
»Meine Frau hat noch nie auch nur einen Finger von mir gesehen.«
Sie sah ihn müde an.
»Werden Sie mir jetzt erzählen, daß Ihre Frau Sie nicht versteht und daß Sie sie zwar sehr lieben, aber doch sehr einsam sind?«
»Sie geben mir nicht die Gelegenheit, es *nicht* zu sagen. Glauben Sie, daß ich es gesagt hätte?«
Sie lächelte und sah auf ihre Hände.
»Dafür sind Sie vermutlich zu erfahren.«
Er verbeugte sich höflich.
»Wenn meine Frau nur verstehen würde, daß sie mich nicht versteht, wäre vielleicht alles in Ordnung. Aber meine Frau versteht sogar, warum eine Maus ›Piep‹ und eine Gans ›Quak‹ macht. Kennen Sie eine größere Eitelkeit als Verständnis?«
»Was verbindet denn Menschen Ihrer Meinung nach, wenn nicht gegenseitiges Verständnis?«
Er lachte leise und sagte:
»Ich mag Sie.«

»Ich Sie auch«, sagte sie und sah ihm gerade in die Augen, »aber ich sage Ihnen gleich, daß Sie sich irren, wenn Sie denken, daß ich jemals für irgend jemanden nur eine Nummer sein werde. Wenn ich mich in Ihnen irre, bitte ich um Entschuldigung. Ich fände es schade, wenn Sie mir jetzt böse wären.«

Er lachte.

»Warum müssen Frauen es immer so eilig haben. Nie haben sie Geduld. Immer wollen sie gleich alles. Wenn man sich einfach mit ihnen unterhält, reden sie gleich vom Ins-Bett-Gehen. Wenn man ihnen freundlich begegnet, dann denken sie gleich, sie hätten das Recht, nicht mit einem zu schlafen. Alle Frauen sind gleich. Glauben Sie mir, daß mich das manchmal mutlos macht?«

Sie sah ihn erstaunt an.

»Das ist ja wohl ein starkes Stück! Sowas habe ich noch nie erlebt«, sagte sie.

Er steckte die Hände in die Hosentaschen und lachte sie frech an, und sie dachte, das ist das Lachen des Geschlechts.

»Ich amüsiere mich köstlich«, sagte er.

»Das sehe ich.«

Sie war noch immer zu perplex, um etwas anderes zu entgegnen. Er sah sie eine Zeitlang an und sagte:

»Haben Sie sich noch nie gefragt, ob das mit den großen Gefühlen im Grunde nicht ein Irrtum ist?«

Sie betrachtete ihn mißtrauisch. Sie fühlte sich bedroht, umzingelt, angegriffen. Er verschränkte die Arme vor sich auf der Marmorplatte, die auf einem der Sockel ruhte. Im Haus war alles still. Er sagte (und dachte gleichzeitig, wie ist es möglich, daß alles, was ich hier denke und sage, dort ein Teil von ihr wird):

»Nehmen wir zum Beispiel den Krieg. Der gesellschaftliche Kode schreibt vor, daß man seinen Feind hassen muß, oder aber, in einer anderen Variante, daß man ihn lieben muß. Und ob Sie es glauben oder nicht, ich habe die Nazis nie gehaßt – und auch nie geliebt. Ich verspürte immer nur einen unbestimmten Ekel, ein Gefühl der Unreinheit, gemischt mit, wie soll ich es ausdrücken, einer Art Erregung, ja, und vielleicht auch mit etwas Neid oder Heimweh oder ähnlichem. Insgesamt ein merkwürdiger Mischmasch. Aber wenn zum Beispiel in der U-Bahn sich jemand vordrängelt und ich deswegen meinen Zug verpasse, dann hasse ich diesen Kerl mit wirklichem Haß. Ich hasse ihn mehr als Hitler! Vielleicht liegt seine Frau im Sterben, vielleicht ist er blind, kann alles sein, aber ich könnte ihn umbringen, ihn zerhakken, ihm die Zunge rausreißen, seine Familie ausrotten, seinen Geburtsort dem Erdboden gleichmachen.«

»Das ist krankhaft!«

»So ist die Wirklichkeit. Und wenn Sie ehrlich sind: die Ihre auch.«

»Absolut nicht«, stieß sie hervor.

»Aber das ist noch nicht alles. Wenn Sie mich fragen, dann ist der Mensch völlig anders organisiert, als ihn die gesellschaftlichen Regeln haben wollen. Fast alles, was wir über den Menschen wissen, sagt nichts über ihn aus, sondern nur über den Kode. Die Psychologie sagt über den Menschen genausoviel aus wie der Name eines Sterns über Sterne. Hinter dem Kode liegt eine Wirklichkeit, die dem Kodemenschen so ähnelt wie ... wie ein Mensch einer Ritterrüstung im Museum. Haben Sie schon einmal darüber nachgedacht, warum es *Geisteskranke* gibt? Tausende in jeder Stadt, Nervenheilanstalten voller Feldherren, Könige, Teekannen, Kakteen, heiliger Jungfrauen, Päpste, Malteserhunde, Messiasse? Oder die Kranken sind nur noch ein Häufchen Angst, ein Füllwörtchen, ein Punkt auf der Mauer? Ich frage Sie das nur. Sie wissen es nicht – nicht mehr. Sie haben sich lediglich etwas *brauchbarer* mißbilden lassen durch den seit Jahrhunderten dauernden Betrug: durch den Kode, die Gesellschaft.«

»Was Sie mißbilden nennen, nenne ich bilden«, sagte Hella und stand rasch auf. »Was Sie Betrug nennen, nenne ich Kultur. Jenseits des Kodes, wie Sie es nennen, gibt es keine Ordnung mehr, sondern nur noch Unheil, Barbarei.« Sie machte ein paar Schritte zum Fenster hin und sagte: »Sie ... Sie sind ein Barbar.«

»Ja, vermutlich«, nickte er und sah grinsend auf den Zahn an ihrem Hals. »Aber ist Ihnen nicht vielleicht einmal in den Sinn gekommen, Ihre Kode-Gefühle mit Ihren wirklichen Gefühlen zu vergleichen? Ich nehme an, Sie haben noch wirkliche Gefühle.«

»Darauf lege ich keinen Wert.«

»Und eben das nenne ich Mißbildung. Sie sind genau wie die Menschen, die jahrhundertelang geglaubt haben, eine Fliege habe, weil es so bei Aristoteles steht, vier Beine. Niemand kam auf den Gedanken, einmal nachzuzählen. Und wenn es doch einmal jemand tat, dann dachte er, seine Augen wären nicht in Ordnung oder er hätte zufällig ein mißgebildetes Exemplar erwischt. Auf jeden Fall aber hielt er, wenn er nicht auf den Scheiterhaufen kommen wollte, den Mund. Und außerdem wußte Aristoteles das sowieso besser als die Fliegen. Sie verhalten sich genauso.«

»Wieso lasse ich mir das eigentlich von Ihnen gefallen? Was ist los mit Ihnen?« Empört zündete sie sich eine Zigarette an. Corinth (entblößte die Zähne, tote Haut streckte sich, zog sich) lachte. Er machte eine Geste mit seiner Hand.

»Es liegt an Dresden. Diese Gedanken beschäftigen mich schon den ganzen Tag. Die Stadt inspiriert mich.«
Sie rauchte mit hastigen, nervösen Zügen. Ihr Gesicht konnte er nicht sehen.
»Aber was hat für Sie dann noch Wert? Wenn Sie von dem, was Sie sagen, überzeugt sind, ist das fürchterlich. Dann ist der Mensch in Ihren Augen ein ... ein ... Dann ist alles nur Kode, dann ist unsere ganze Welt dem Menschen fremd. Jedes Ideal, die Ehe ...«
»Sie haben mir erzählt, daß Sie geschieden sind«, sagte er in entschuldigendem Tonfall.
»Und auch die Liebe ist Ihnen unbekannt.«
»Verzeihung, aber die Ehe ist etwas Ähnliches wie der Krieg: Unbestimmtheit, Mischmasch. Die Liebe aber ist der Mann in der U-Bahn. Der ist Wirklichkeit.«
»Aber sie vergeht genauso schnell wie Ihr Haß auf diesen Mann in der U-Bahn.«
»Vielleicht. Aber sie kommt auch genauso schnell, und sie ist echt; sie ist nicht so, wie man sagt, daß sie sein müsse – sie ist nicht die anderen. Was hat Zeit damit zu tun? Zeit ...«, sagte er, »Zeit ist etwas für Schweizer.«
»Das ist«, sagte Hella nach ein paar Sekunden, und bei jedem Wort kam Rauch aus ihrem Mund, »der Soldat, der so spricht, der Mann des Krieges, der Ruinenmann.«
»Natürlich«, sagte Corinth und ging, ihr fest in die Augen blickend, auf sie zu. »Gibt es einen anderen? Was haben Sie im Krieg gemacht? Warum mußten Sie sich so plötzlich übergeben? Vielleicht weil Sie in einem Konzentrationslager waren? Irgendwo in einem Wald oder auf einem friedlichen Hügel? Und war Schneiderhahn vielleicht der Kommandant dieses Lagers?«
Sie sah ihn näher kommen. Er stand dicht vor ihr und blickte

ihr in die Augen. Zitternd starrte sie in das Paviangesicht, in dem der Tod experimentierte und das nun so nah war, und sie wußte, daß sie ihm ausgeliefert war; ihr kam es vor, als ob er seinen Arm bis zur Achsel in ihren Körper gesteckt hätte, und der Gedanke ließ sie vor Wonne erbeben; sie zitterte, kämpfte gegen etwas, von dem sie nicht wußte, was es war, und fühlte dann seine Hände auf ihrem Rücken und lehnte sich an ihn (er dachte, dich hab ich) und starrte über seine Schulter, während Gedanken, Gefühle, Worte, Blut wie undurchsichtiger Nebel sie durchzogen. Corinths Augen leuchteten in die Nacht hinter der Doppelverglasung.

Nach zwei, drei Minuten, einer langen Zeit, sagte sie kaum hörbar:

»Ich werde mich morgen informieren, wer er ist.«

Er nickte.

»Ja«, sagte er.

»Wir müssen uns geirrt haben. Es ist unmöglich, daß jemand mit einer solchen Vergangenheit hierher eingeladen wurde, ganz zu schweigen davon, daß er Parteimitglied sein könnte.«

»Wer hat denn behauptet, daß er das ist? Er nicht.«

»Aber er kann doch nicht so dumm sein, daß er auf Kriegsverbrechen anspielt, derer er nie angeklagt wurde. Er muß etwas anderes gemeint haben.«

Corinth dachte, morgen werde ich ihn fragen, *ich muß es wissen.*

»Wie lange warst du im KZ?« Seine Stimme war ruhig, leise.

»Sechs Jahre.«

»Warum? Jüdin?«

»Kommunistin.«

Er dachte, der Über-Kode; und jetzt umarmst du mich.

»Ich muß meine Zigarette ausdrücken«, sagte sie und versuchte, sich von ihm loszumachen.
Er dachte, Gefahr!
»Gib mir nur«, sagte er, nahm ihr die Zigarette aus der Hand und zertrat sie auf dem Teppich. Sie sah ihn an und sagte:
»Soldat.« Ohne Scheu sah sie ihm ins Gesicht (hatte sie ihn je anders angesehen?) und fragte:
»Wieso wurdest du von Russen operiert?«
Er zog sie wieder an sich.
»Was glaubst du, warum man aus hunderttausend amerikanischen Zahnärzten ausgerechnet mich ausgewählt hat?«
»Weil du der beste bist.«
»Daß ich nicht lache.«
»Weil du Kommunist bist.«
»Ach«, sagte er, »du glaubst also, daß ich dir vorhin das Programm der Kommunistischen Partei von Amerika vorgestellt habe.«
»Dann kann ich es mir nicht erklären. Warst du vielleicht in der Roten Armee?«
»Leider muß ich dich enttäuschen.«
»Wie bist du denn dann mit den Russen in Kontakt gekommen?«
»Ich bin aus der Luft gefallen.«
Sie schwieg kurz.
»Hast du Städte bombardiert?«
»Ja.«
Sie wollte sich von ihm losmachen, aber er drückte sie mit einem zitternden Lachen in den Mundwinkeln fest an sich. Plötzlich erwiderte sie seine Umarmung und sagte: »O Gott.«
Sie schwiegen und umarmten einander. Das Zimmer um-

armte sie beide. Plup, plup, plip, plap, plop: der Wasserhahn.

»Darum also hast du heute mittag den Hut abgenommen, als du in das Tal sahst«, sagte sie.

»Hab ich das?«

»Ja.«

Er überlegte, konnte sich aber nicht mehr daran erinnern. Es erschien ihm lächerlich.

»Belastet es dich?« fragte sie.

»Nein«, sagte er. »Warum? Oder hättest du noch ein Jahr länger im KZ sitzen wollen?«

»Ich meinte Dresden.«

»Das waren Engländer«, sagte er und zog sein Gesicht in Falten.

»Wo läge der Unterschied, wenn du dabeigewesen wärest?«

Er dachte, wenn ich ihr sage, daß die zweite Angriffswelle von Amerikanern geflogen wurde (und die dritte Welle nach Leipzig ausweichen mußte, weil die Hitze über Dresden zu groß war), versau ich mir alles.

»Nein«, sagte er und dachte kurz nach. »Es ist, als ob es nie passiert wäre. Oder vor dreitausend Jahren. Ich bin ein Grieche, der unter Agamemnon gefallen ist und der immer noch lebt. Ich denke nie daran.«

Sie sah zu ihm hoch.

»Findest du das nicht beängstigender, als wenn es dich noch immer belasten würde?«

Schon schüttelte er den Kopf: Dann spürte er kalten Schweiß auf seiner Stirn, und sofort wurde es schlimmer – aber er wußte nicht, was schlimmer wurde. Es wurde schlimmer. Erschrocken sah er sie an, riß die Augen weit auf und blickte durch das dunkle Zimmer. Sein Blick schweifte vom Fenster zum Bett, von dort zur Lampe, dann zu einem Tischchen, als ob er dadurch etwas unterdrücken könnte, das schlimmer wurde.

»Jesuschristus«, sagte er, faßte ihre Arme fester und wagte es nicht, sie anzusehen, als ob er das Zimmer, die Gegenstände nicht aus dem Auge verlieren dürfte. »Gottchristus, Hella, etwas passiert mit mir ...« Ängstlich beobachtete sie die größer werdenden Schweißtropfen auf seiner Stirn und neben seiner Nase. Seine Augen bissen sich im Zimmer fest. Immer noch wurde es schlimmer, unsichtbar: ein nächtliches Zittern in den totenstillen Gegenständen, als ob sie nicht mehr sie selber wären, ein Sich-Öffnen, das ihn auf entsetzliche Weise bedrohte. Er dachte, Licht, Licht, aber er war außerstande zu sprechen; er spürte, daß er seine Kräfte unmenschlich anstrengte. Aber welche? Wie? Wogegen? Dann fühlte er, daß es schwächer wurde, als ob ein Sturm plötzlich abflaute, und es verschwand.

Er sah sie an.

»Was war das?« Seine Stimme klang sehr schwach.

Das Zimmer war das Zimmer, Hella Hella. Ihre Augen waren rund vor Schreck; sie konnte kein Wort sagen. Er wischte über sein Gesicht und sah sich im Zimmer um, obwohl er wußte, daß er es dort nicht finden würde, dort nicht und nirgends, daß es nicht mehr da war, nirgendwo, so als ob es nie existiert hätte. Er sah sie sprachlos an.

»Da war etwas – plötzlich ... Als ob ...« Ratlos zuckte er die Achseln.

»Hast du so etwas schon früher erlebt?«

»Nie.«

Mit den Fingerspitzen berührte sie sein Gesicht, betrachtete es. Es hing in Fetzen wie an dem Abend, als er gesagt hatte: Ist sie nicht die schönste Frau der Welt?

»Zieh dich aus«, sagte sie.

»Ja.«

Mechanisch setzte er sich hin, löste die Krawatte und fing an, sich auszuziehen. Immer noch sah er unablässig durch das Zimmer, suchte es in sich selbst, aber es hatte nicht einmal eine Spur dieses Gefühls zurückgelassen: Alles stand fest, unverrückbar, so wie es dort immer gewesen war, in der Welt, in der er lebte. Das grüne Geflüster hatte er nicht gehört – er hatte das Gefühl, gerade dies sei besorgniserregend. Den ganzen Tag über hatte er es gehört. Nun erst spürte er die starken Schmerzen, die sich in seinem Hinterkopf, fast schon im Nacken, bemerkbar machten. Er bewegte den Kopf und dachte, das ist nur die Übermüdung, der Organismus protestierte, dem Hirn wurde Blut entzogen …

»Dreh dich um.«

Schnell blickte er hinter sich, konnte aber nichts sehen: ein Fenster, kakaobraune Wandtäfelung. Fragend sah er sie an. Sie stand im Unterrock am Waschbecken.

»Dreh dich um, hab' ich gesagt.«

Er zog sich aus. Während sie sich in die Kissen kuschelte und ein bißchen ärgerlich vor sich hin brummte, wie schrecklich es doch sei, sie, die es nie geduldet hatte, wenn die Mädchen mit jedem ausländischen Gast ins Bett gingen, hier lag sie, gleich in der ersten Nacht, sie war verrückt, verrückt, aber wer konnte auch ahnen, daß er ein solcher Barbar war – schüttete er mit den Händen Wasser über sich, ließ den Strahl sekundenlang in seinen Nacken strömen und rieb sich wie ein Pferd ab. Mit hochgezogenen Knien lag sie im Bett und sah ihm zu.

Nachdem er am Schalter neben der Tür die Lampen ausgemacht hatte und mit ausgestreckten Armen, nackt, gegen die Pfeiler stoßend, einen Weg durch das dunkle Zimmer zu ihrem Bett suchte, spürte er eine vorteilhafte Veränderung an sich. Er tastete über die Decke, bis er ihr Gesicht fand, und legte sich neben sie.

»Oh, charmant«, sagte sie, als sie diese Veränderung auch fühlte und umarmte ihn. »Du paßt doch auf?«

»Ja«, sagte er und konnte selbst das nicht mehr sagen. O Gott, dachte er, o Gott, es ist möglich, und er ließ die Hände über ihren Körper gleiten – immer wieder ist es das erste Mal.

»Herrlich kalte Hände hast du. Aber denk dran, du kannst nicht die ganze Nacht bleiben. Ich möchte nicht, daß dieser Päderast etwas merkt.«

»Ludwig«, keuchte er undeutlich.

»Was muß es für dich bedeuten«, flüsterte sie und spreizte die Beine. »Du bist voller Narben. Liebling, Soldat ...«

»Alles, alles«, stöhnte er.

»Wie nennt man es auf englisch?«

»Fuck, fuck, fuck ...«

»Ficken. Klingt ähnlich ...«

Schluchzend, schreiend glitten sie ineinander. Die Nacht zerbrach, Ikonen begannen zu leuchten, und das Zimmer

II. Gesang

glühte. So wie im Palast kristallene Kronleuchter die Ausmaße des Festsaals sichtbar machen – und lächelnd über den Marmor schreitet der Präsident, am Arm seine Gattin, und er spricht mit ihr und winkt den Gästen, welche die Hymne singen: So markieren heftige Explosionen die Höhe der Nacht, die Tiefe der jämmerlichen Vorstadt, wo das Geschütz bellt, auf Dächern, in Parks, auf Waggons. »Noch achtzig Sekunden«, hallt die mächtige Stimme des Karten-

listigen. »Achtzig«, wiederholt der Städtevertilger seine Worte und legt seine vielentscheidende Hand an den Hebel. Geschosse zischen vorbei und machen: Bok! Bok! Über seiner rüttelnden Kanone hängt vier Sekunden lang der blauäugige Corinth, und hinab, zwischen den segelnden Schiffen unter ihnen hindurch, rast das schreckliche Feuer in die Vorstadt. Und im Schwanz ruft der nimmerfehlende Alan die mahnenden Worte: »Wedel mal, Skipper.« So spricht er: Und dann läßt der Landüberstürmer drohend wackeln das angsteinjagende Luftschiff. So wie die Zeit vergeht, auch wenn die Nacht ansteigt in den Augen der Sterbenden, spricht die Stimme des kartenlistigen Harry: »Noch siebzig Sekunden.« »Siebzig.« Der junge Patrick lacht, er weiß nicht zu wem. Das göttlich schöne Anlitz wie ein morgendliches Feld, übersät mit glitzernden Tautropfen, sucht Corinth mit stolzem Auge die sich nähernde Stadt, aber Trauerschleier bedecken schon ihr Angesicht. Nacheinander erlöschen die Lichter, aber schrecklichere Lichter erglühen unter dem Schleier, unzählbare. Dort oben, so wie Bienen summen über dem mit Zucker gesüßten Mund des schlafenden Kindes – und der Vater eilt herbei durch den Baumgarten und rauft sich die Haare –, summen, schwirren, kreisen die Liberators. Über dem Stahl faltet der Blauäugige die Hände und beobachtet gelassen, wie sie sich nähert. Ein Hügelrücken zieht unter ihm weg, und glänzendes Wasser. »Noch vierzig Sekunden. Bombenschächte öffnen.« »Vierzig. Bombenschächte«, wiederholt der Erderschütterer, und in das metallische Knirschen und in seine Rede hinein fällt die Rede des nylonstrumpfgeschmückten Schützen Frank auf dem Rücken des Nachtschwarzbemalten. »Gottallmächtigerjesus, wenn ich in Dresden wohnte, ich würde sofort umziehen.« So seine unerschrockenen Worte: Und mehr Moto-

renlärm als möglich dringt in das Luftschiff und das dumpfdonnernde Geräusch der Explosionen, und wehender Rauch umhüllt sie, wie ein Meer voller seltsamer Fische den Ertrinkenden. Der zeichenstarke Jim ruft: »Zweihundert Meter rechts von der roten Markierung! Höhe halten!« So brüllt er durch das vorweltliche Chaos: Und der edle Archie im Cockpit ruft im Wechselgespräch: »Zweihundert Meter rechts!« Und schon erscheint hinter den schwarzen Vorhängen ein roter Feuerball, so wie das Auge der wilden Katze plötzlich aufleuchtet in den nachtschwarzen Sträuchern. »Noch dreißig Sekunden!« »Dreißig!« In der Nase hört der blauäugige Held die Bomben der höheren Schiffe vorbeikreischen, und wie hell auch sein Auge, der olympische Blick, nur verdunkelte Blitze sieht er, Glut, Feuer, vor denen die untersten Schiffe, mit schärfster Feder gezeichnet, gemächlich weiterfliegen. »Noch zehn Sekunden!« »Zehn!« »Gottverdammt«, murmelt der Blauäugige zwischen den Zähnen und sieht unter göttlich gebogenen Augenbrauen zwei Schiffe kollidieren, die brennend, wie Herbstlaub durch das dunkle Luftfeld taumelnd, ein drittes Schiff mitnehmen auf ihren bizarren Weg zur Erde. Doch schon brüllt der kartenlistige Navigator: »Bomben los!« Und ihm antwortet kreischend der Städtevertilger: »Bomben los!« Das herrliche Luftschiff schnellt hoch, bäumt sich auf, brüllt vor Wollust aus vier Mäulern, und der Erderschütterer kreischt trampelnd die unsterblichen Worte: »Heh! Heh! Heh! Los geht's! Heil Hitler! Heil Hitler!« So kreischt er und ist von Sinnen; aber der Kartenlistige spricht: »Hundertzwanzig Grad und dann immer geradeaus!« »Hundertzwanzig, geradeaus!« wiederholt der unerschrockene Anführer und lacht. Und nachdem sie fünf Minuten geflogen sind, in einem edlen Bogen über die Stadt – und sie sind wieder über dem stillen, dunklen Feld, wo sich die Bäume biegen im Sturm und der fromme Ackersmann, auf seinem Acker kniend, hinaufsieht – und sie gesagt haben, wir werden Eier mit Schinken essen, das war das letzte Mal, wir waren Diener unseres Staates, es ist vorbei, was nun? –, spricht der heimtückische Frank die Worte: »Ich könnte wetten, daß die Hälfte ein Bad in der Elbe nimmt.« Und der nimmerfehlende Alan äußert seinen Plan mit den Worten: »Schau'n wir doch mal nach, Jungs! Susanna im Bade!« Und der Landüberstürmer lacht und sagt: »Vorwärts!« Und er wendet und sinkt hinab zum Fluß: Und während die Fluten das Dröhnen der Motorgewalten gequält zurückwerfen, folgt die fliegende Festung den sanften Windungen des Stroms bis hin zu der qualmenden Stadt, die brennen wird sieben Tage, sieben Nächte. Und der beschäftigungslose Erderschütterer Patrick linst über die Schulter des Landüberstürmers und ruft die lachenden Worte: »Da! Da!« Im schwarzen Wasser sieht sie im flackernden Schein der Flammen der blauäugige Corinth: Köpfe, Schädel, Rüben, bewegungslos. Und dann lacht er in seiner Kuppel das Lachen des Siegers und ruft: »Soll ich denen mal ein Ständchen bringen?« Und alle lachen, alle Flieger, Jim, Alan, Frank, Patrick und Archie, und dann jagt er die Kugeln vor sich ins Wasser, wo Schädel platzen, taumeln, zerprallen, zerspringen, über's Wasser hüpfen, versinken, und alle lachen, alle Flieger, alle lachen in die Nacht und singen:

»Adieu, mein kleiner Gardeoffizier, Adieu,
Adieu, und vergiß mich nicht,
Und vergiß mich nicht.«

IV

Ein sächsischer Morgen

Er nahm noch wahr, daß er mit der Hälfte seiner Kleider über dem Arm die erste Treppe, dann die steinerne Wendeltreppe hinaufging und daß er wie der Große Pan zwischen den Sternen über das Dach lief: lachend, warm, schwankend vor Müdigkeit; als er sich zwischen die kühlen Laken legte, erhoben sich langsam die schwarzen Ausläufer des Erzgebirges vor dem sich nähernden Tag. Er schlief, bewegungslos auf dem Bauch liegend, das Gesicht in das Kissen gedrückt. Als die Sonne aus ihrem zerwühlten und blutigen Bett stieg und in das weiße Iglu drang, drehte er sich unruhig auf den Rücken und murmelte mit geschlossenen Augen: »Vom Kode ist dadurch wohl erledigt. Der Blinde aus Königsberg von Hella; ich ... etwas Pfeffer hinein, denn dadurch ... Die Theke.« Er spürte, daß er vor der Lösung eines großen Rätsels stand: Vielleicht war das schon die Lösung! Er dachte, ich darf das nicht vergessen, es ist wichtig. Als ihm nach einiger Zeit klar wurde, daß alles Unsinn war, schlief er wieder ein.

»Guten Morgen, Herr Doktor!«
Lachend, auf den Zehenspitzen tänzelnd, betrat Günther mit geputzten Schuhen in der Hand das Zimmer.
Blinzelnd richtete Corinth sich auf.
»Morgen. Wie spät ist es?«
»Elf Uhr, Herr Doktor. Wir haben herrliches Wetter, keine Wolke ist am Himmel zu sehen, das Leben lacht uns an.«
»Schön«, gähnte Corinth. Das Sonnenlicht schoß durch das Fenster, raste an den Fußleisten entlang, am Marmor des

Waschbeckens vorbei und spritzte auf den weißen Tisch.
»Wann beginnt der Kongreß?«
»Um zwei, Herr Doktor. Heute morgen hat bereits ein offizieller Empfang stattgefunden. Frau Viebahn sagte aber, daß ich Sie schlafen lassen sollte. Ihr Frühstück steht noch unten.«
»Danke.«
»Frau Viebahn ist Ihnen gegenüber sehr rücksichtsvoll. Das ist man so von ihr nicht gewöhnt.«
»Ach?«
»Neulich waren wir hier mit einem Franzosen, einem Ingenieur, der auch gerne länger schlief. Aber jeden Morgen um halb neun stiefelte er mit Frau Viebahn durch irgendeine stinkende Fabrik. Sie scheinen zu wissen, wo bei ihr der Schlüssel liegt.«
»Mit Freundlichkeit erreicht man alles, Günther.«
Günther ließ ein höfliches Lachen hören und fragte:
»Haben Sie noch einen Wunsch?«
»Nein, danke.«
»Wenn Sie mich brauchen – ich wasche draußen den Wagen.«
»O.K.«
»Die reinste Sysiphosarbeit in diesem Schutthaufen.«
»Das glaube ich gern.«
Als Günther gegangen war, streckte Corinth sich behaglich aus. Er fühlte sich frisch und gesund; das Aufwachen in diesem mit Licht gefüllten gläsernen Raum hatte ihm gutgetan. Eine Weile betrachtete er, sich den Kopf kratzend, einen verblichenen Kunstdruck über dem Spiegel, auf dem ein Pferd abgebildet war. Dann stand er auf.
Zufrieden knabberte die Sonne an der graublauen Brüsseler Spitze im Tal; eine Reihe von flachen Schiffen schob sich

langsam durch den Fluß, im Hintergrund bewegten sich Bäume. Es war ruhig und mild draußen, vielleicht wehte ein kühler, schwacher Wind. Während er sich wusch, dachte er an den vorigen Abend, der nun wie ein schwarzer, zusammengeknäulter Sack hinter ihm lag. Der Gedanke an Hella erfüllte ihn mit Stolz und Befriedigung; sein Verlangen war verschwunden. Das würde heute abend zu Schwierigkeiten führen. Was hatte sie noch über das achtzehnjährige Mädchen gesagt, das ihr bei der Organisation half?
Als er die Hose anzog, fiel ihm plötzlich ein, daß sie (»*Und wann kommt das Erschießungskommando, Frau Viebahn?*«) gestern in der Kneipe telefoniert hatte. Mit wem? Das mußte er sie fragen. Er mußte alles wissen. Alles mußte vermessen und aufgezeichnet, mußte kartiert werden – jede Handlung, jede Absicht, jeder Gedanke. Bevor er nach Baltimore zurückkehrte, mußte alles definitiv geklärt sein. Und warum eigentlich zurück nach Baltimore? Um gleich auf Ellis Island interniert zu werden? Vor dem Spiegel bürstete er sein Haar und dachte, eine Woche bleibe ich hier – dann ziehe ich mich mit meiner Karte in die Berge am Horizont zurück, dahin, wo ich mein Gesicht verloren habe, und denke, bis ich sterbe, darüber nach.
Auf dem Dach wehte der Wind kühler durch das Licht, als er erwartet hatte. Als er die eiserne Luke über seinem Kopf schloß, hatte er das Gefühl, in ein U-Boot zu steigen. Er begegnete niemandem. Auf dem Treppenabsatz stand ein Hundekorb, der so groß war, daß er einem Löwen genügend Platz geboten hätte, und in der Halle hob Ludwigs Frau der Verborgenheit ihre Schale grüner in das Licht, das von draußen durch die Bäume schien.
In dem sonnigen, leeren Zimmer setzte er sich an das gedeckte Tischchen, das in der Nähe des Fensters neben dem

Bücherbord stand, und entdeckte Eugène in dem zweiten, gläsernen Zimmer. Er saß am Bett der alten Frau, deren Kopf, versunken in einem Stapel von Kissen, nicht zu sehen war; lachend, so wie man einen Spielkameraden grüßt, hob er die Hand. Corinth winkte zurück und zeigte fragend auf seine Tasse. Eugène stand auf und klopfte an das Außenfenster; als er wieder neben der Frau saß, sah er Corinth ununterbrochen an. Er sprach nicht mit ihr.
Corinth räusperte sich und las die Titel der Bücher auf dem Bord. »*Blütezeit des Hauses Rothschild*«; »*Der Golem*«; »*Von Versailles, nach Versailles*«; »*Der Sterne Bahn und Wesen*«. Alle Bücher waren mindestens vierzig Jahre alt. Mit gestrecktem Arm zog er ein »*Volks-Universal-Lexikon*« aus dem Regal, einen grünen Folianten, der aus losen, zerknitterten Bogen bestand, nur noch durch den schweren Einband zusammengehalten. Pallas Athene, mit hochgeschobenem Helm und griechischem Profil, auf einen stilisierten, mit zwei Eicheln behangenen Baum oder eine Säule gestützt, war in Gold auf den Titel gedruckt. Die Seitenränder zeigten eine bräunlich-verbrannte Färbung. Stärker noch in Mitleidenschaft gezogen war ein Zeitungsartikel, der zwischen den Seiten hervorsah und den man kaum noch entziffern konnte. Als er das Stichwort »*DRESDEN*« aufgeschlagen hatte – »*kleiner deutscher Kreuzer, 3650 t, 1907 vom Stapel gelaufen*« –, kam Ludwig mit Kaffee und einem Ei herein. Er trug eine braune Hausjacke.
»Wir hatten schon befürchtet, daß Sie nie mehr aufwachen würden. Guten Morgen.«
»Guten Morgen.«
»Gut geschlafen im Elfenbeinturm?«
»Hervorragend.«
Danach wurde kaum noch geredet. Es war still. Es war ein

Tag der Stille. Plötzlich fiel es ihm auf. Nicht nur im Haus und draußen war kein Geräusch zu hören: Selbst das Licht war still, selbst der Tag, und auch in den Menschen war es still, in Ludwig und in ihm selbst. Fasziniert betrachtete er das Tischchen, auf dem das Buch lag, der Kaffee dampfte, und er versuchte, es zu verstehen. Stille. Er empfand ein unbeschreibliches Wohlbehagen.
»Wenn Sie nachher noch Zeit haben, dann setzen Sie sich ruhig zu uns auf die Terrasse.«
»Gern.«
Ludwig schloß die Tür hinter sich. Langsam schlürfte Corinth seinen Kaffee und begann zu essen. Er hatte den Eindruck, daß er, wenn er sich bewegte, den stillen Tag körperlich fühlen konnte. Dieses Gefühl war ihm unbekannt. Es war wie in einem glühendheißen Bad, in dem die Stille das Wasser ist und das Denken undeutlich wird, zu Dampf, zu beschlagenen Spiegeln und wegflutschender Seife.
Er legte das Buch neben seinen Teller und las.
»DRESDEN, (s.K. 10), 51° 3' NB, 13° 44' ÖL, Hauptst. d Königr. Sachsen, 360 Tsd. Einw., davon 30 Tsd. Katholiken, 2 Tsd. Juden, erste Erwähn. 1216: Dreždžane (»Sumpfwaldleute«), slaw. Fischerdorf; durch Lage und Kunstschätze eine der schönsten St. Deutschl.: »Elbflorenz«. Links d. Elbe in d. Altstadt: das Schloß mit kostb. kunsthandw. Sammlung (»Das Grüne Gewölbe«), das Hoftheater, die Hofkirche, das Zeughaus, die Frauenkirche und weitere Museen, die den Zwinger umgeben; im Neuen Museum eine große Gemäldegalerie (Raffaels Sixtinische Madonna)...«
Er legte sein Messer hin, stand kauend auf und ging eilig aus dem Zimmer. Erstaunt sah Eugène ihm nach. Er trat durch die Hintertür nach draußen, schluckte den letzten Bissen

hinunter und ging um das Haus. Im Schatten war es kühl, hinter der nächsten Ecke empfing ihn die Sonne. Auf dem Rasen neben der Einfahrt spritzte Günther den Wagen mit einem Schlauch ab – über dem Dach zitterte ein Regenbogen.

»Günther, kannst du mich nachher schon um halb eins in die Stadt fahren?«

Günther senkte den Schlauch und ließ das Wasser auf den Boden laufen. »Wie meinen, Herr Doktor?«

»Ich muß um halb eins in der Stadt sein. Ist das möglich?«

»Natürlich, Herr Doktor! Möglich ist doch schließlich alles.«

Als er zurückging, entdeckte er den Garten. Schlanke Bäume standen im Gras, eine schwere, steinerne Bank vor einem Spalier mit hochgebundenen Rosen; etwas weiter, wo das Gelände stark abfiel, wuchsen Sträucher und etwas Dikkicht, in dem schmale Fußwege verschwanden. In den Strahlen der Sonne, die zwischen den Baumstämmen wie Balken auf der Erde ruhten, tanzten glitzernde Mückenschwärme. Er dachte, in so einem Haus und so einem Garten würde ich auch gern ein Regime hassen.

Als er wieder am Frühstückstisch saß, klappte er die Enzyklopädie zu und nickte zu Eugène hinüber, der wieder seine Hand zum Gruß hob. Er zog den Zeitungsausschnitt, dessen Papier in der Mitte weiß war, zwischen den Seiten hervor. Noch bevor er die braun gefärbte Überschrift entziffert hatte, las er: *»von Dr. phil. A.P. Krschowsky.«*

Er dachte, die Dinge fangen an zusammenzupassen, dann faltete er den Artikel und steckte ihn in die Tasche. Als er aufblickte, entdeckte er, daß Eugène ihn mit offenem Mund ansah. Er streckte die Zunge heraus, stellte das Buch ins Regal und verschlang alles Eßbare.

Als er fertig war und mit verschränkten Armen nach draußen sah (das Tal war eine Bucht, das Haus lag am Meer, in Rom, wo Krschowsky es entdeckt hatte), kam Eugène die kleine Treppe hinab. In dem roten Pullover und der sehr kurzen Lederhose, die Füße in einer Art von Ballettschuhen, deren Schnürsenkel über Kreuz um die Waden hochgebunden waren, sah er ausgesprochen hübsch aus.

»Soll ich Ihnen den Weg zur Terrasse zeigen, Herr Amerikaner?«

»Wie hübsch du bist, Eugène.«

»Finden Sie?« Er betrachtete seine schönen Beine und lachte. »Mir ist warm.«

»Mir auch. Ich ersticke fast.«

»Sie sprechen so schön. ›Ich ersticke fast‹«, sagte Eugène und imitierte dabei Corinths Akzent.

»Warum verspottest du einen alten Mann?«

»Ich finde Sie nicht alt, sondern jung.«

»Wie alt bist du denn?«

»Schon fünfzehn.«

»Bist du der Sohn von Herrn Ludwig?

Eugène wurde rot.

»Aber nein! Ich doch nicht.«

»Ist auch gut so, oder?«

»Worauf Sie sich verlassen können.«

»O Gott, o Gott«, sagte Corinth und stand auf, »dieser Herr Ludwig.«

Eugène brüllte vor Lachen. Er machte einen Sprung und drehte sich dabei um die eigene Achse.

»Pst!« sagte Corinth und wies auf das Zimmer hinter den Scheiben. »Du weckst noch die Dame.«

»Nein, bestimmt nicht«, sagte Eugène und hielt ihm die Tür auf.

Über einen schmalen Flur zwischen dem Frühstücksraum und Hellas Zimmer (ein warmes Tier schlief in der geschlossenen braunen Tür) erreichte er die Terrasse. Groß, windstill und rosafarben lag sie neben dem Haus. In zwei Liegestühlen an der Hauswand ruhten, in Decken gehüllt, ein Mann und eine Frau und starrten regungslos vor sich hin; sie sahen nicht auf, als Corinth auf die Terrasse trat. Weiter vorn, ebenfalls in einem Liegestuhl, lag Ludwig und spielte leise auf einem weißen Banjo. Das war das einzige hörbare Geräusch. Er drehte sich um.

»Ah! Hol noch eine Liege, Eugène.«

Als Corinth sich hingelegt hatte, konnte er das Tal nicht mehr sehen. Die Sonne schien warm, und er schloß die Augen. Von unten her hörte man leises Wasserplätschern, und die Luft war schwindelig vor Stille. Er dachte, wie unsagbar schön ist es hier. Die Stille Dresdens.

Als Ludwig wieder anfing zu spielen, sah Corinth ihn an. Er lag ein paar Meter entfernt, seine Liege stand im rechten Winkel zu Ludwigs. Mit seinen dicken Fingern zupfte dieser eine langsame Melodie, die in Corinth eine schwache Erinnerung wachrief; Ludwigs Gesicht war fleischig, ausdruckslos. Als er bemerkte, daß Corinth ihn ansah, wechselte er harmonisch hinüber zu *It's a long way to Tipperary*. Er lachte und sagte, während er weiterspielte:

»Gefällt es Ihnen in Dresden?«

Corinth drückte den Kopf ins Kissen.

»Sehr.«

Ludwig nickte. Nach einer Weile sagte er:

»Ich habe Ihnen doch gestern vom Brand im Louisenhof erzählt? Heute morgen hat man den Brandstifter verhaftet.«

»Ach ja?«

»Ich kenne ihn zufällig. Er hat früher einmal in der Nachbarschaft als Gärtner gearbeitet. Der rechtschaffenste Mensch der Welt. So versucht man uns den Eindruck zu vermitteln, daß man an der Lösung dieses Falls interessiert ist.« Ludwig hob die Augenbrauen und stimmte eine der Saiten. »Die arme Maria Förster«, sagte er, wandte sein Gesich ab und klimperte weiter.

»Ist ja gut, t-t-t!« Die Stimme Günthers. »Ja, ruhig, ruhig. Ab!«

Eugène tanzte über die Fliesen und setzte sich auf die Balustrade.

»Überall passieren unbegreifliche Dinge«, sagte Corinth. »Gestern waren wir in einem Café: Alexanders Bar. Kennen Sie das?«

»Ich komme nie ins Tal.«

»Nie?«

»Was soll ich da?«

»Nun ... ausgehen.«

Ludwig lachte, hörte auf, lachte noch einmal und schwieg dann. Corinth sah ihn immer noch mit blauen Augen an.

»Was für eine Stadt war Dresden?« fragte er.

Ludwig lächelte.

»Man konnte in ihr ausgehen. Es gab keine schönere Stadt zum Ausgehen.«

»Ähnlich wie Berlin?«

»Ach, schöner, viel schöner.« Mit einem gequälten Ausdruck im Gesicht suchte er nach den richtigen Worten. »Sie können es sich nicht vorstellen. Schöne Frauen, Bars, Nachtclubs – und was für ein Verkehr ... und abends erst: die Brücken über die Elbe: wie in Paris. Voller Licht und Leben. Und immer viele ausländische Gäste, englische Lords, amerikanische Millionäre, Tänzerinnen ... auf den Straßen

die schönsten Huren aus der Tschechei, Herren im Frack, Juwelen ... Vorbei. Das kommt nie mehr wieder.«
Er schüttelte den Kopf, lachte melancholisch und spielte *Oh, du lieber Augustin.* Niedergeschlagen hob er eine Hand. »Ich weiß, woran Sie jetzt denken.« (Corinth dachte, an nichts.) »Sie haben natürlich recht, Rotterdam, London, Coventry – tja, Hitler wollte die englischen Städte ausradieren, und wir haben alle Hurra gerufen. Darum dürfen wir uns auch nicht darüber wundern, daß unsere Städte ausradiert wurden. Und außerdem, stellen Sie sich vor, ganz Europa in Schutt und Asche, nur Deutschland nicht. Das wäre doch wohl ein bißchen ungerecht. Die Geschichte ist immer gerecht.«
»Deshalb findet man in Deutschland heute bestimmt auch die modernsten Städte Europas«, sagte Corinth.
»Sie meinen *West*-Deutschland.«
»Ja.«
»Hier werden in tausend Jahren noch die Schutthaufen liegen.«
»In Athen liegen sie schon seit zweitausend Jahren«, grinste Corinth.
Ludwig lachte nicht mehr.
»Waren Sie früher schon einmal in Deutschland, Herr Doktor?«
Corinth schüttelte langsam den Kopf.
»Das ist das erste Mal, daß ich auf deutschem Boden bin.«
»Im Westen waren Sie auch noch nicht?«
»Nein.«
»Spaßeshalber sollten Sie dort auch mal eine Stippvisite machen. Eine lehrreiche Lektion in Sachen Kommunismus und Kapitalismus.«

Corinth stand auf und bot ihm eine Lucky Strike an.
»Sind Sie öfter drüben?«
»Ich? Im Westen?« Mit großen Augen, die Zigarette zwischen den Fingern, sah Ludwig ihn an. »Glauben Sie etwa, wir würden eine Ausreisegenehmigung bekommen?«
Während er zu seinem Liegestuhl zurückging, sah Corinth sich um.
»Ob es dort auch so eine Terrasse gibt wie hier? Und so einen stillen Morgen?«
Ludwig sah ihn prüfend an. Dann sagte er:
»Das hier ist kein Land, Herr Doktor, sondern der größte Unsinn, den Sie sich vorstellen können.« Er tippte sich mit dem Plektrum an die Stirn. »Ein Hirngespinst. Von Ausländern. Russen – Amerikanern, bei allem Respekt. Den größten Vorwurf, den wir Deutschen Hitler machen können, ist der, daß er die deutsche Geschichte verpfuscht hat.«
»Ganz bestimmt«, sagte Corinth. »Das mit den Juden ist schließlich zum größten Teil erlogen.«
»O nein«, sagte Ludwig mit Nachdruck. »Täuschen Sie sich nicht: Das ist alles wahr. Lassen Sie sich nichts vormachen. Die Leute, die heute sagen, sie hätten nichts gewußt, lügen alle. Jeder in Deutschland wußte es. Auch ich, das will ich Ihnen gerne gestehen. Ich wußte nicht wie und wo, aber ich wußte, daß es die Massenvernichtung von Menschen gab. Nein, nein. Das war ein unverzeihlicher Fehler von Hitler.«
Corinth sah ihn eine ganze Weile an. Dann fragte er:
»Haben Sie es gesehen?«
Ludwig legte die Hand auf die Saiten.
»Die Konzentrationslager?«
Corinth wies mit einem Kopfnicken auf das Tal.

»Das Bombardement.«
»Natürlich. Hier von der Terrasse aus.«
»Was war das für ein Anblick?«
Ludwig zuckte die Achseln und fing wieder an zu spielen.
»Viel Feuer.«
Vom Fluß her erklangen zwei heisere Rufe aus einem Signalhorn. Corinth preßte seinen Hinterkopf tiefer ins Kissen und schloß die Augen. Dreizehnter Februar 1945: Ludwig auf der Terrasse, gelassen in die Glut des Ofens sehend, das Gesicht vom Widerschein gerötet, vielleicht schwitzte er wegen der Gluthitze etwas. Vielleicht spielte er sogar auf dem Banjo. »*Viel Feuer*«... Er dachte, jedes Wort über das Bombardement muß ich ihm aus der Nase ziehen, und wenn er die Schutthalden im Tal betrachtet, dann denkt er an die Angriffe von Napoleons Kavallerie. Das ist das erste, wovon er mit Phantasie und Wissen dem Fremden erzählt. Als ob das Bombardement nie stattgefunden hätte. Corinth kniff seine geschlossenen Augen fester zu und dachte nach. Er dachte, es hat schließlich auch nicht stattgefunden. Verdammt. Es hat sich nie ereignet, denn es hätte sich auch ebensogut nicht ereignen können: Es war nie, wie die Massakrierung anderer Städte, Bestandteil irgendeiner Strategie des Zweiten Weltkriegs. Diese Bombenangriffe hatten einen Zeck und nachweisbare Folgen – so wie die Auslöschung Karthagos und Hiroshimas; die wiesen über sich selbst hinaus, wie auch die Schlacht um Troja nicht um Troja geführt wurde, sondern um Helena. Nicht so Dresden. Deshalb werden die Geschichtsbücher weiterhin seitenweise über die Schlacht bei Dresden und ein paar Hundert gefallene Gäule und Grenadiere Napoleons berichten, aber das Massaker wird kleingedruckt in einer Fußnote vermerkt werden, weil es nicht in den Text gehört.

Aber wenn das Bombardement keine Geschichte ist, was ist es dann? Es hat doch Tausende von Toten gegeben. Wozu gehört es?
Er dachte, es gibt zwei Geschichten. In dem Gefühl, etwas entdeckt zu haben, zog er, die Augen weiterhin geschlossen, die Knie hoch. Auf seinem Gesicht spürte er die stille Sonne. Er dachte, die eine ist die Geschichte des *Geistes*, blutig, aber Geist, Absicht, Folgen: Alexander, Cäsar, Napoleon – Schlacht bei Marathon, Schlacht bei Dresden, Bombardement von Berlin, Hamburg. Das ist die Zeit, die Entwicklung. Aber daneben, darunter, in der Stille des Todes liegt die Anti-Geschichte, in welche die Geschichte immer wieder mal versinkt. Wenn das geschieht, herrscht die Anti-Geschichte von Mao Tun Tanhu, von Attila, von Timur-Leng, von Dschinghis Khan, von Hitler. Dann gibt es keinen Gedanken mehr, keine Absicht und keine Folgen – nur noch das Nichts. Zwischen den Massenmorden der Hunnen und den Konzentrationslagern Hitlers ist keine Zeit vergangen. Sie liegen nebeneinander auf dem Grund der Ewigkeit. Er dachte, *und dort liegt auch Dresden*. Blutbad von Aquileia, Blutbad von Auschwitz – Blutbad von Dresden. Wir haben Dresden vernichtet, weil es Dresden war, genauso wie die Juden geschlachtet wurden, weil sie Juden waren. Darüber hinaus: Nichts. Hekatomben für das Nichts, brennend in einem ewigen, toten Raum außerhalb der Geschichte. Wie *herrlich*! Das Bombardement von Dresden gehört zu Hitler, zu Attila und zu Timur-Leng: Ich war eine Nacht Mitglied der Waffen-SS, geharnischter Reiter in der Barbarenarmee, unterwegs in der Luftsteppe, unkundig der Lebensregeln *Li* und *I*! Er dachte, ich werde mich in die Hügel zurückziehen und das unergründliche, ewig gültige Anti-Geschichtsbuch schreiben, in dem die Zerstörung Dresdens neben der

Schlacht bei Dresden und der Schlacht bei Marathon nicht mehr obskur erscheint, sondern in dem Napoleon und Miltiades in einer Fußnote unter dem Text erwähnt werden: die Anti-Geschichte des Nichts, das gegen etwas kämpfte, die Anti-Biographie der Männer, die nie existiert haben: Hitler, Corinth …

Strahlend öffnete er die Augen. Die Sonne schien warm auf die Terrasse.

»Guten Morgen, Herr Chauffeur!«

Eugène saß rittlings auf der Balustrade und hob hinabgrüßend die Hand.

»Morgen, Herr Eugène! Gut geschlafen?«

»Vielen Dank! Ist der Wagen sehr schmutzig?«

»Voll von Staub und Sand. Man kriegt das Zeug fast nicht mehr runter.«

»Wenn Sie einmal durch die Stadt gefahren sind, ist er sowieso wieder schmutzig!«

»Sollte ich ihn deshalb etwa nicht waschen?«

Corinth rieb sich die Augen, streckte sich und sah sich um. Der Mann und die Frau, die an der Hauswand lagen, hielten beide einen Rosenkranz in den Händen und beteten.

Ludwig legte das Banjo auf den Schoß und sagte:

»Aber auch wenn es hundertmal verständlich war und zudem unsere eigene Schuld, ändert das nichts daran, daß unverzeihliche Dinge geschehen sind. Warum, zum Beispiel, hat man die Menschen, die brennend durch die Straßen rannten, auch noch mit Maschinengewehren beschossen? Vielleicht um sie von ihren Leiden zu erlösen? Oder nehmen wir die Menschen, die in der Elbe standen. Sie müssen wissen, daß die Gluthitze in der Stadt so groß war, daß die Menschen in den Fluß sprangen, Menschen, die nichts mehr besaßen außer ihrem Leben und ihren Wunden. Die konnte man doch nicht mehr als Feinde bezeichnen, finden Sie nicht auch? Die im Fluß, am 13. Februar 1945, konnten doch dem englischen Parlament nicht mehr gefährlich werden. Aber nein: Tack, Tack, Tack. Was das für Kerle waren, ist mir ein Rätsel. Untermenschen aus den Slums von London, Berufsverbrecher. Verstehen Sie mich bitte richtig, ich sage nichts gegen das Bombardement, Krieg ist Krieg, und Hitler selbst hat den totalen Krieg ausgerufen. Aber wenn die Alliierten seine Methoden, die sie selbst ... das ...«

Er schwieg.

Corinth schlief. Er hatte die Augen geschlossen, der Mund war geöffnet, und sein Kopf war auf dem Kissen zur Seite gesackt. Regelmäßig hob und senkte sich seine Brust. Ludwig seufzte und ergriff wieder das Banjo. Kaum hörbar spielte er *Sag beim Abschied leise »Servus«* und sah dabei ausdruckslos zu Corinth hinüber.

Er wurde geweckt durch – nein, er wurde in dem Moment wach, als Günther an seine Liege trat und sagte: »Halb eins, Herr Doktor.« Er schlug die Augen auf und hatte dabei noch das Bild von einem Heeresdepot im Urwald vor Augen, in dem Hunderte verrosteter und schrottreifer Liberators standen und von Farnen, Lianen und riesigen Blumen so überwuchert wurden, daß einige schon fast nicht mehr zu sehen waren; eine Schlange kroch aus einem der Motoren und ließ sich langsam zu Boden gleiten, ein Affe kratzte auf einer abgebrochenen Tragfläche herum, alle Cockpits waren erfüllt vom Geflatter kleiner Vögel. Er dachte, vielleicht sind ja noch ein paar als Transportmaschinen im Einsatz, in Afrika oder in Brasilien – er richtete sich auf und setzte sich gähnend auf den Rand des Liegestuhls.

Ein dünner, grauer Schleier hing vor der Sonne. Es war kühler geworden.

Affen hinter den Spiegeln

Auf der schattigen Straße, die sich zur eisernen Brücke hinabwand, fragte Günther:

»Haben Sie einen Moment Zeit?«

»Wieso?«

Günther hielt an, beugte sich über Corinths Beine hinweg und kurbelte das Seitenfenster herunter.

»Sehen Sie das Haus?«

Corinth nahm den Hut ab, schob seinen Kopf nach draußen und entdeckte oben am Hang ein kleines, gelb angestrichenes Haus.

»Ich sehe es.«

»In diesem Haus hat Schiller seinen *Don Carlos* geschrieben.« Triumphierend sah er Corinth an.

Corinth dachte, muß ich nun aussteigen und es berühren? Günther hob einen Arm über das Lenkrad und sagte feierlich in Richtung der Scheibenwischer:

»Die schönen Tage in Aranjuez sind nun zu Ende. Das war kein Heldenstück, Octavio!«

»Wunderschön«, sagte Corinth und setzte den Hut wieder auf. »Es mag andere Meinungen geben, aber ich finde es wunderschön.«

»Hier in Dresden hat er auch seine *Ode an die Freude* geschrieben«, sagte Günther, während sie weiterfuhren. »Die kennen Sie bestimmt, Beethoven hat sie für seine Symphonie benutzt. Die habe ich von Anfang bis Ende auswendig gekonnt. Alle Menschen werden Brüder!«

Corinth betrachtete ihn eine Weile von der Seite.

»Hat er nicht später in Königsberg gewohnt?«

»In Königsberg?« rief Günther. »Schiller? Herr Doktor!

Wenn das mein Deutschlehrer hören würde! In Weimar – bei Goethe, seinem besten Freund, der dort Minister war. Die zwei Geistesfürsten von Weimar! In Königsberg hat Kant gelebt, Sie kennen ihn bestimmt, Immanuel Kant, der Philosoph. Wenn er nachmittags aus dem Haus ging, dann haben die Leute ihre Uhren danach gestellt. Ich habe in der Nähe seines Hauses gewohnt.«

»Wirklich? Die zwei Geistesfürsten von Königsberg. Wann?«

»Nicht lange. Gegen Ende des Zweiten Weltkriegs. Königsberg ist eine langweilige Stadt. Berlin ist interessanter.«

»Das glaube ich.«

Sie fuhren durch ein heruntergekommenes, rostfarbenes Stadtviertel und kamen jenseits der Brücke allmählich in die Schuttlandschaft. Im Licht des Tages war die Einsamkeit tiefer als in der Nacht. Selbst der schwache Sonnenschein auf der Ebene war einsam. Aus den Augenwinkeln spähte Corinth hinüber zu einer schwarzen Fassade, die in einiger Entfernung aus hohlen Fensterlöchern in die Leere stierte, und sagte:

»Hör mal, Günther: Hatte der Führer irgend etwas Besonderes? Ich meine, abgesehen von dem, was du schon über ihn wußtest. Wenn er dir zum Beispiel jetzt entgegenkäme? Stell dir vor, der Führer stände hier an der Straße und wollte per Anhalter mitfahren: Was wäre auffällig an ihm?«

Er tat, als ob er nicht sähe, daß Günther plötzlich rot wurde. Der Chauffeur blickte kurz zur anderen Seite.

»Aber Herr Doktor, das sagt man doch nicht mehr: der Führer.«

»Komm, es ist doch nur ein Spiel.«

»Sie meinen, wenn wir ihm jetzt begegneten?«

»Ja. Stell dir vor, er säße hinten im Wagen.«

Einen kurzen Moment lang sah Günther in den Rückspiegel. Er schluckte. »Tja ... ich weiß nicht. Er hatte einen kleinen Schnurrbart.«
»Was du nicht sagst.«
»Naja, das wissen Sie natürlich. Ich weiß nicht. Es ist schon so lange her, und ich war noch so jung. Übrigens habe ich ihn nur kurz gesehen.«
»Das hatte ich vergessen.«
Günther lachte.
»Glauben Sie, daß er noch lebt? Glaubt man das im Westen?«
»Worauf du dich verlassen kannst.«
»Tatsächlich! Man hört schon mal, daß er in Argentinien sein soll.«
»Auch. Auch.«
Günther sah ihn an, und sein Gesicht strahlte vor Verständnis.
»Ach, so meinen Sie das! Tja, der Mensch wird sich wohl nie ändern. Das sagte schon mein Vater immer.«
»Immer auf den Vater hören, Günther«, sagte Corinth. »Bist du Kommunist?«
»Selbstverständlich, Herr Doktor.«
Zwischen den Zähnen pfiff Corinth *It's a long way to Tipperary* und sah dabei aus dem Fenster. Er dachte, wenn es wie aus Kübeln regnete, sähe es hier weniger verlassen aus – am wenigsten einsam wäre es hier bei Sturm und Gewitter, nachts. Warum? Er betrachtete das stille Sonnenlicht, das auf den überwachsenen Hügelchen und dem Schutt lag. Er betrachtete es – und sah plötzlich, wie es passiert war:
Die Stadt, Ludwigs Stadt, mit ihren Cafés und verkehrsreichen Brücken und Plätzen im Tal unter der Sonne. Die Sonne scheint auf die Mauern und auf das Pflaster und auf

die pompösen Warenhäuser aus Elbsandstein, der in den Bergen gebrochen wird. Es ist nicht richtig warm, nicht einmal Sommer, Februar, aber plötzlich bricht eine riesige Scherbe aus der Ecke eines Bankgebäudes und fällt zwischen die Menschen auf den Bürgersteig. So begann der Kataklysmus des Lichts. Im selben Augenblick, nach so vielen Jahren, wird die ganze Stadt heimgesucht. Schornsteine und Dächer werden weggefressen und prasseln als Brocken und Staub in Gärten und auf Straßen; überall zerbricht Holz, zerspringt Stein; Straßenbahnen, Fahrradfahrer, Autos versacken im Asphalt, der zu Pulver wird, und fahren plötzlich im Sand; in allen Vierteln stürzen Häuser erleuchtet in sich zusammen. Wo Schatten ist, bleiben die Dinge am längsten erhalten, aber wo ist am Ende noch Schatten? Rauchend versank die Stadt unter der hermetischen Arbeit des kalten, bewegungslosen Sonnenlichts – bis es endlich ruhig auf das hermeneutische Meer schien, am Fuß der Grotte Krschowskys in den Felsen von Rom …

Seine Augen glänzten. *Sagenhaft*. Er dachte, ich lebe, und sah zum Turm des Rathauses hinüber. Als sie die leprösen Straßen erreichten, fragte Günther:

»Wohin soll ich Sie bringen, Herr Doktor?«

Corinth mußte kurz überlegen.

»Zur Gemäldegalerie.«

»Ach, zur Gemäldegalerie! Dann müssen Sie sich unbedingt die Sixtinische Madonna ansehen, phantastisch! Raffael! Es wird bestimmt voll sein, die Bilder sind erst vor kurzem aus der Sowjetunion zurückgekommen. Nach dem Krieg haben die Russen nämlich das meiste beschlagnahmt.«

»Selbstverständlich.«

»Noch in den letzten Tagen des Krieges wollte die SS alles in die Luft sprengen.«

»Selbstverständlich.«
Günther lächelte schwach. Er wagte nicht, zur Seite zu sehen, um festzustellen, ob der Amerikaner das ernst meinte. Er überquerte eine Kreuzung, neben der ein turmhoher Schuttberg lag, fuhr in eine schmale Straße und lenkte den Wagen an einer eingerüsteten Kirche vorbei auf einen großen Platz, der sich bis zum Fluß erstreckte. Er überquerte den Platz und hielt an.
»Gemäldegalerie, Herr Doktor.«
Es war fünf Minuten vor eins. Corinth stieg aus. Wie ein herrschaftlicher Chauffeur sprang Günther auch aus dem Wagen, um hinter ihm die Tür zu schließen.
»Soll ich warten, Herr Doktor?«
»Wo findet der Kongreß statt?«
»Hier in der Nähe. In einer Schule. Fünf Minuten zu Fuß.«
»Ich habe die Adresse.« Corinth suchte in seiner Tasche nach den Papieren, die Hella ihm gestern gegeben hatte. »Ich finde schon den Weg.«
Während Günther über den leeren Platz davonfuhr, wandte Corinth den Blick zum Himmel, der von grauem Nebel verdeckt war. Er dachte, irgendwo da oben bin ich: vor hunderttausend Jahren, in hunderttausend Jahren – *in Ewigkeit*. In der Kirche gegenüber hörte man leises Gehämmer; eine imposante Brücke (die von gestern abend?) schritt über die grünen Wiesen ins Wasser und hinüber zum anderen Ufer, wo die Zerstörungen weniger stark zu sein schienen. Unter seinen Füßen fühlte er die harten Gehsteigplatten. Er drehte sich um, überquerte den breiten Bürgersteig und betrat den zugigen Eingang, wo sich im Dunkeln zwischen Gerüsten die Besucher drängten.
Im Foyer kaufte er einen Ausstellungskatalog und ging

dann die Treppe hinauf. Ein alter Herr mit einer Lorgnette grüßte scheu seine Narben; er erkannte ihn nicht. Hier oben gerann der Tag. Überall starrten Menschen auf die Wände und hielten wie er das blaßgrüne Büchlein in den Händen. Ein Museumswärter betrachtete mit den Händen auf dem Rücken die kalbsledernen Schuhe eines vorbeischlendernden Mannes. In der Nähe eines Durchgangs, in dem sich schweigend und behutsam die Menschen drängelten, roch er Raffael. Als er erneut auf seine Armbanduhr sah, bemerkte er, daß sie noch immer auf fünf Minuten vor eins stand. Den Hut in der Hand, schob er sich vorwärts in den Saal, und eine Sekunde lang wurde er von dem riesigen Gemälde überwältigt, aber gleich danach sah er sich suchend in dem stillen, überfüllten Saal um.

Schneiderhahn stand etwas abseits von der großen Masse bei einem Durchgang zum nächsten Saal. Zusammen mit einem anderen Mann hatte er sich dem Gemälde zugewandt, doch sie betrachteten es nicht, sondern redeten leise. Corinth biß sich kurz auf die Unterlippe. Als er sich ihnen langsam, an einer Wand entlang, von hinten näherte, bemerkte er, daß Schneiderhahns Haltung jetzt nichts übertrieben Romantisches hatte: Sachlich, ruhig nickend unterhielt er sich. Als ob er ihn nicht bemerke, ging Corinth langsam, die Augen auf das Gemälde gerichtet, an den beiden vorbei und blieb ein paar Schritte von ihnen entfernt stehen.

Er fand, das Gemälde sah wie ein riesiges Klebebildchen aus. Die Madonna schien ein wenig geistesabwesend zu sein; das Christuskind hockte wie ein frischgebackener Nobelpreisträger, der einer Schweizer Wochenzeitung ein Interview gibt, auf ihrem Arm. Auf der rechten Seite sah eine hübsche Frau zu einem gelangweilten Putto am unteren Bildrand hinab, als ob sie sagen wollte: Soll ich dich auch so

auf den Arm nehmen? Corinth betrachtete das Bild, sah es aber nicht mehr. Er wartete eine Weile. Ging Schneiderhahn womöglich weg? Oder erkannte er ihn von hinten nicht wieder? »Good morning, Mister Corinth!«
Langsam drehte Corinth sich um. Augen, Mund, Nase, Ohren, alles weit aufgerissen, die Arme gespreizt, sah Schneiderhahn ihn an. Der Mann neben ihm wirkte in seinem grauen Anzug und dem rotkarierten Hemd, an dem der oberste Knopf offen stand, schäbig und steif zugleich. Schneiderhahn stellte ihn vor, aber Corinth konnte den Namen nicht verstehen.
»Was für ein Zufall! Haben Sie nach unserer Orgie gestern gut geschlafen?«
»Wie zu meinen besten Zeiten.«
»Und gleich vor dem Mittagessen schon wieder Kultur tanken? Wiedergeburt!« rief er und zeigte mit ausgestrecktem Arm in Richtung des Gemäldes, auf die hübsche Frau, die rechts aus den Wolken trat; einige Umstehende sahen mit abwesendem Blick zu ihm hin. »Die heilige Barbara – Patronin der gefährlichen Berufe und Fürbitterin um einen seligen Tod!«
Der andere Mann lachte, öffnete aber dabei kaum den Mund, wie jemand, der sein Gebiß nicht zeigen will, weil es faulig ist. Corinth dachte, vielleicht ist er ein Patient. Schneiderhahn hatte sich hinter seinem Rücken gleichsam auf den Kopf gestellt, hatte sich in den Mann verwandelt, den Corinth kannte. Er ruderte mit den Armen und lachte, begann dann aber doch, leiser zu reden, und rühmte die kunterbunte Inspiration der katholischen Kirche und den Großmut der Sowjetunion, kraulte sich den Bart, schlug sich vor die Stirn und fragte schließlich:
»Haben Sie Zeit? Können wir uns später treffen? In einer

halben Stunde, irgendwo, wo es nicht so voll ist? Vor der Schlummernden Venus, was halten Sie davon? Von Giorgione – die hängt hier auch irgendwo. Aber wecken Sie sie bloß nicht«, sagte er und legte dabei den Zeigefinger auf die Lippen –, »die Abgründe der Hölle würden Sie verschlingen.«
Der andere Mann verbeugte sich mit ungeschickter Höflichkeit, und Corinth verließ langsam den Saal.
Den Hut hatte er inzwischen wieder aufgesetzt, und gelangweilt ging er durch das Museum. Überall drängten sich die Sumpfwaldleute, den sächsischen Akzent kannte er inzwischen. Das Gesicht in Falten gezogen, betrachtete er eine Weile einen holländischen »*Zahnarzt*«, der triumphierend, eine Hand auf dem Kopf des jammernden Patienten, eine Pelzmütze auf dem eigenen, durch ein offenes Fenster einen gezogenen Zahn präsentierte: P2 vermutlich. Corinth dachte, hübsch. Das Licht, das nirgendwo herkam und nirgendwo hinging, legte sich schwer auf seine Augenlider, und in jedem Saal eröffnete es den Ausblick auf verwüstetes Leben, auf eine für immer verwüstete Welt voller Landschaften, sonniger Gärten, Judenfriedhöfe, Wunder, Anbetungen, briefelesender Mädchen, vornehmer Herren, Türme von Babylon, Dianas Rückkehr von der Jagd: tote Perspektiven in goldumrahmten Löchern, die in den Wänden klafften, Löchern, in denen die verwehten Seelen ihrer Schöpfer noch rauschten wie das Meer in seinen ausgetrockneten Muscheln am Ohr der Kinder. Armer Rembrandt. Armer Bernardino di Betto Biagi, genannt Pinturicchio, »der Kleine Maler«. Um nur eine Stunde lang noch einmal auf Erden leben zu dürfen, und wäre es im größten Elend, gäben sie ihr ganzes Werk her: Um daran zu erinnern, haben sie es geschaffen. Arme Tote. Affen hinter den Spiegeln.

Ohne einen Schatten zu werfen, streifte Corinth durch die hellen Gänge, wich dem eisig glitzernden Raum zwischen den Bildern und den Besuchern aus, und ohne daß es ihm wirklich bewußt wurde, eröffnete sich in ihm langsam ein ausgebleichtes Panorama, an dessen Horizont ein schwarzes, sich träg bewegendes, sich veränderndes Schlangenknäuel lag: – Baltimore.

Die Sonne schlägt ihre Zähne noch einmal in die Spitze des Mathieson Building, dann geht sie über der Chesapeakebay unter und läßt die Hafenanlagen und die Stadt unter einem Stern zurück; Stadt und Hafen sind umringt von brennenden, stählernen Mahnmalen, aus denen Blut fließt; die ersten Neonreklamen leuchten auf wie Erzengel, die in die Stadt einziehen. Seine Frau, die ihn mit erstarrtem Blick (*Krebs!*) durch das Geflimmer des Fernsehers hindurch ansieht, als er sagt: Ich habe leichte Schmerzen in der Brust; die, als sie mit einem Streichholz den Gasherd anzündet und plötzlich eine Flamme wie ein Krummschwert auflodert, kreischt: Horace! – ihr erster Mann, gefallen im Kriegsjahr 1943 beim Versuch, einen Lastwagen zu überholen. Er war unterwegs zu seinem Golfklub. Die Abgründe der Sonntagnachmittage, an denen er über die zugigen, ungeschützten Straßen aus der northernmost southern, westernmost eastern, southernmost northern, easternmost western Stadt getrieben wird und sechs Stunden lang über die Betonpisten rast, ohne zu wissen, warum, ohne Bewußtsein. Und in einem kleinen Appartement in der Innenstadt weint ein Mädchen in ihrem Bett, und er wirft die Tür so hinter sich ins Schloß, daß drinnen etwas zu Boden fällt: ein Bild, und das ist das Schlimmste, daß etwas fällt, und er weiß, daß er deswegen zurückkommen wird, weil etwas fiel, weil sie *Dinge* hat. Die Abende in einer Bar im Hafenviertel, stockbetrun-

ken und hundert Dollar beim Pokern an einen reichen Neger verloren; – draußen in der Gosse stirbt der betrunkene Poe, und Joshua Barney erscheint mit schimmerndem Pferd auf dem Dach des Telephone Building und betrachtet den Großen Brand von Baltimore, 7. Februar 1904 –
»...*bleiben wir über dem* ...« (ein hochgewachsener Junge hinter einem Zaun).
Das Licht, die trockene Luft, das leise Gedränge verursachten ein dumpfes, warmes Gefühl in seinem Kopf, und er betrachtete schließlich nur noch die roten Feuerwehrschläuche in den Ecken, die Schalter der Feuermelder hinter den kleinen Glasscheiben und die Pfeile, die zu den Toiletten wiesen; und als er sich gegenüber der Schlummernden Venus, die er mit Hilfe seines Katalogs gefunden hatte, hinsetzte, dachte er, ich brauche nur mein Rückflugticket zu zerreißen, und das Schlangenknäuel stürzt zwischen die Felsen und verschwindet für immer.
Er sah auf seine Uhr, aber die stand still. Ein kleiner Junge an der Hand seines Vaters, der nur Augen für das Gemälde hatte, drehte sich halb zu Corinth und musterte sein Gesicht. Corinth zwinkerte ihm zu, und der Junge ließ seinen Blick zu Corinths Nachbarn auf der Bank wandern und dann weiter zu Schneiderhahn, der sich so ungestüm seinen Weg bahnte, daß jeder rasch zur Seite treten mußte.
Er machte eine Gebärde und wollte etwas sagen, sein Blick fiel aber auf das Gemälde, und er sagte »Mein Gott« und betrachtete es wie vom Donner gerührt. Mit schmerzverzogenem Gesicht wischte er sich über die Stirn und seufzte. Es dauerte eine Minute, und als eine Gruppe von Schulkindern den Blick auf das Bild versperrte, sagte Corinth:
»Wohin sind Sie gestern abend so plötzlich verschwunden? Wir haben Sie gesucht.«

»Sind Sie denn noch einmal zurückgekommen?« Erstaunt wandte Schneiderhahn sich zu ihm.
»Wir wollten Sie mit dem Wagen in Ihr Hotel bringen.«
»Ich bin zu Fuß gegangen. Ich dachte mir, Sie würden Frau Viebahn wohl sofort nach Hause bringen. Was hatte sie denn?«
Corinth (dachte, der ist gefährlich wie ein tollwütiger Hund, ich werde ihn in Grund und Boden treten) lächelte und sagte:
»Ich weiß es nicht.«
»Nach dieser schrecklichen Geschichte brauchte ich dringend frische Luft. Hat sie sich inzwischen wieder erholt?«
»Waren Sie heute morgen auch nicht auf dem Empfang?«
»Wir haben den gleichen Charakter, Herr Doktor. Ich habe mir den Zwinger angesehen. Pöppelmann. Wenn ich solche Dinge nicht gleich erledige, dann wird nichts mehr daraus.«
»Sie interessieren sich also nicht nur für Ruinen?«
»Für Ruinen am meisten«, lachte Schneiderhahn.
Er wandte den Blick wieder dem Gemälde zu, und sein Lachen verdampfte. Corinth betrachtete forschend sein Profil und dachte, er weiß nicht, wie er vorgehen soll, weil er mit mir allein ist. Am besten für ihn wäre es, wenn wir mitten in einem übervollen Stadion stünden, wenn er sich unter dem Gebrüll der Zuschauer eine Zigarre anstecken, sich den Bart raufen und ein Bier trinken könnte. Große Ohren, eine plumpe, kräftige Nase. Das Gesicht eines Henkers? Er versuchte, sich Schneiderhahn ohne Bart vorzustellen, dachte aber, kein Gesicht ist so grobschlächtig, daß es nicht auch das eines Heiligen, kein Gesicht so edel, daß es nicht auch das eines Henkers sein könnte, und dachte, wie schlage ich nun bloß den Bogen von Giorgione zu den Massengräbern

in den stillen Wäldern, zu den Folterkammern in den friedlichen Hügeln? Soll ich das Gespräch langsam darauf hinlenken oder ihn unvermittelt fragen, wie ein Kommissar im Film?
»Nun«, grinste Schneiderhahn, »je länger ich hinsehe, um so mehr ähnelt sie Frau Viebahn.«
Corinth dachte, die Oberschenkel vielleicht – wie mache ich es ihr heute abend nur klar, ich kann nicht mit ihr ins Bett gehen, der Gedanke erregt mich genauso wie der an die Witwe von Horace; er sagte:
»Wenn überhaupt Ähnlichkeiten bestehen, dann doch nur bei Körperteilen, die nicht sichtbar sind.«
»Wirklich nicht?« Verschmitzt sah Schneiderhahn ihn an. »Auch für Sie nicht? Sie wohnen doch in derselben Pension?«
»Ich bin homosexuell.«
Schneiderhahn lachte laut auf.
»Und ich liebe Leichen. Ich grabe sie aus. Nachts. Aber meistens sind die Särge schon leer. Wenn man einmal mit einer Leiche ...« Er schneuzte laut seine Nase und bekam vor Lachen einen Schluckauf. Schneiderhahn warf einen Blick in sein Taschentuch, steckte es weg und fragte: »Sie mögen sie gut leiden?«
»Was sind Sie doch für eine schillernde Persönlichkeit«, sagte Corinth. »Gestern schon habe ich mich über Sie gewundert. Sie sind ein glücklicher Mensch.«
»Vielleicht«, nickte Schneiderhahn, »vielleicht.«
»Sie haben sich nichts vorzuwerfen.«
»O doch, aber ich bin sehr beschäftigt. Ich würde mir sehr gerne allerhand vorwerfen, nur leider habe ich keine Zeit dazu. Später vielleicht einmal. Tja, später, später! Gute Vorsätze – aus denen dann doch nichts wird. Wenn ich etwas

nicht gleich erledige ...« Lachend sah er Corinth an. »Sie sind anders, nicht wahr? Ein zerrissener Mensch, ein gequälter.«
Corinth grinste und dachte, eigentlich mag ich ihn doch.
»Wenn das nur wahr wäre«, sagte er.
Schneiderhahn ließ die Hand auf sein Knie sinken.
»Nicht einmal das ist uns vergönnt. Im Grunde genommen«, sagte er und schüttelte mißmutig den Kopf, »müssen wir uns für verkannt halten.«
Ohne sich zu bewegen, aber alle Fühlhörner plötzlich ausgestreckt, fragte Corinth:
»Verkannt von wem?«
»Von *was*. Wie ein Künstler – van Gogh –, der geniale Werke schafft, aber keinen Erfolg hat: so fühlen wir Verbrecher keine Reue. Anstatt vom Erfolg der Reue verzehrt zu werden, leben wir weiter, ohne uns zu ändern. Ein schreckliches Los.«
Corinth dachte, das geht zu schnell. Ein Wort noch, und er verschließt sich mir. Schweigend nickte er und dachte, weniger »ohne uns zu ändern«: *ohne uns ändern zu können*. In einem der Durchgänge entdeckte er den Mann mit dem rotkarierten Hemd, der kurz hereinsah und wieder verschwand. Eine Gruppe hochaufgeschossener Jungen hatte sich nun vor dem Gemälde postiert; ein Mädchen mit hochgesteckten Zöpfen ließ, während sie sachkundig redete, die Hände über die nackte Göttin schweifen, aber keiner der Jungen wandte seinen Blick von dem Mädchen ab. An der Decke klapperte ab und zu der Rost vor einem Lüftungsschacht. Klapp, klapp-klapp.
Corinth sagte:
»Ich habe heute morgen über die Geschichte nachgedacht.«

»Ihr Land hat eine wunderbare Geschichte. Washington, Lincoln, Freiheitskampf ...«
Corinth lächelte.
»Finden Sie, daß ich wie ein typischer amerikanischer Patriot aussehe?«
»Aber Ihr Land können Sie doch trotzdem lieben.«
»Lieben Sie Deutschland?«
Schneiderhahn hob die Augenbrauen und sagte:
»Ja.«
»Nach allem, was passiert ist?«
»Gerade nach allem, was passiert ist.«
Corinth schloß für einen Moment die Augen.
»Ich habe über die Geschichte im allgemeinen nachgedacht. Mir kam der Gedanke, daß es zwei Geschichten gibt: eine kanonische und eine apokryphe. Die apokryphe ist die Timur-Lengs und Hitlers: die ohne Folgen, in der Dinge getan wurden, die keinen Sinn hatten, die um ihrer selbst willen geschahen – wie zum Beispiel –« (er dachte, soll ich sagen: die Konzentrationslager?) »der Rußlandfeldzug Hitlers. Er unternahm ihn, weil es *sein* Rußlandfeldzug war. Ich meine, der Krieg *gegen* Hitler war kanonisch, der Krieg *von* Hitler apokryph.«
Schneiderhahn lachte.
»Eine betörende Theorie. Und Sie glauben, daß es sich mit Napoleons Rußlandfeldzug anders verhielt? Sie sind ein Idealist, Herr Doktor. Das wird mir plötzlich klar. In einem Jahr werden Sie Pazifist sein, in zwei Jahren Vegetarier, in dreien Abstinenzler, und in vier Jahren spielen Sie nur noch Blockflöte. Nein, nein. So simpel ist die Welt nicht konstruiert. Sie sind doch schließlich auch nicht nur Zahnarzt?«
»Ich meine, wenn die Russen morgen mobilmachen, um die Welt zu erobern, um überall den Kommunismus zu verbrei-

ten, dann wäre das ein kanonischer Krieg, auch wenn mir das nicht paßte.«

»Das werden die Russen aber niemals tun, Herr Doktor. Der Mann, der das vorhatte, wurde 1927 verbannt. Trotzki. Kommunisten sind keine Idealisten so wie Sie; die haben ein etwas anderes Geschichtsverständnis.«

»Es ist auch nicht meine Absicht, bestimmte Angriffskriege zu rechtfertigen und andere nicht.«

»Was ist denn Ihre Absicht?« – »Mir über mich selbst etwas mehr Klarheit zu verschaffen. Interessiert es Sie nicht, warum Sie Ruinen schön finden? Haben Sie keine Theorie, die Ihnen diese Vorliebe erklärt?«

»Ich denke über mich selber weniger nach als Sie. Ich finde sie eben schön. Haben Sie kein Steckenpferd?«

»Gartenarbeit.«

»Oh, das ist reizend. Genau wie Friedrich der Große. Wenn Sie noch nach Berlin reisen, müssen Sie unbedingt Potsdam besuchen, Sanssouci, sein Lieblingsschloß. Dort gibt es einen hübschen Wald mit einer Schneise, und was, glauben Sie, kann man durch diese in der Ferne sehen?«

»Eine Ruine.«

»Ach, Sie waren schon dort?«

»Ich habe davon gehört«, sagte Corinth und dachte, wichtig ist nur, daß ich ihm immer einen Schritt voraus bin, und sagte: »Aber warum finden Sie Ruinen schön?«

»Das scheint eine heikle Angelegenheit zu sein«, lachte Schneiderhahn. »Frau Viebahn möchte wissen, wie so etwas überhaupt möglich ist, Sie fragen, warum. Zu allen Zeiten hat es überall auf der Welt Menschen gegeben, die Ruinen schön fanden. Piranesi, Altdorfer, Ruysdael, Poussin, Wordsworth ... Kennen Sie Piranesi, seine Kerker und römischen Ruinen? Ich weiß nicht. Die Welt entschleiert sich

am Horizont der zerstörten Gebrauchsgegenstände, sagt Heidegger: übrigens auch kein Philosoph aus dem Kreml. Warum sollte ich eine Theorie entwerfen? Können Sie sich nicht vorstellen, daß jemand sich selbst ernst nimmt?« (Der *Schuft*, dachte Corinth.) »Was ist schöner als die Natur, die sich gegen menschliche Werke behauptet? Überwucherte Tempelruinen in den Urwäldern Indiens. Geschmolzener Schnee, der auf einem Schieferdach in der Sonne glitzert. Napoleon, der trotz allem gegen Rußland marschiert. Der Amerikaner in Dresden. Nebel in einer Weltstadt. Was ist schöner als das Alter? Der Greis? Das Buch, das niemand mehr liest. Der Richter, der zu den Huren geht. Der Mensch, der wahnsinnig wird. Der Henker ...«
Sie sahen einander in die Augen. Das letzte Wort schwebte zwischen ihnen, klang noch, bewegungslos sahen sie sich an. Corinth bemerkte kalten Schweiß auf der Stirn seines Gegenübers; unter seinem eigenen Auge begann ein Muskel zu zucken, und er wußte, daß Schneiderhahn das sah. Er schwieg und fluchte; sah in braune Augen. Venus schlief. Klapp, klapp-klapp. Nackt. Dinge sind das Schlimmste. Wenn sie mit Handschuhen an den Händen ertrinkt, Hella, dann ist das wegen der Handschuhe unerträglich. Dinge verneinen den Tod, und wenn dann der Tod kommt ... Nacktheit ist unverwundbar. Braune Augen. Pupillen, Gucklöcher ... was sah dort hinaus, was für ein *Ding? Was war das?*
»Pardon. Verzeihen Sie mir, bitte ...«
Sie sahen gleichzeitig hoch. Eine Frau, die, das Gemälde bewundernd, zu weit zurückgetreten war, hörte nicht auf, sich zu entschuldigen.
»Macht nichts«, sagte Schneiderhahn und stand auf. »Macht nichts.«

»Setzen Sie sich doch«, sagte Corinth und erhob sich auch.
»Aber das habe ich wirklich nicht gewollt. Ich war nur so vertieft in dieses wunderbare Gemälde, daß ich ...«
Nebeneinander verließen sie den Saal. Eine Minute später, in einem Gang mit Bildern von Bellotto (»*Der Neumarkt zu Dresden vom Judenhof aus*«), sagte Schneiderhahn:
»Vielleicht haben Sie in bezug auf die Zukunft recht. Vielleicht kommt uns das Organ für Geschichte abhanden. Wer weiß, vielleicht kommt wieder eine Zeit mit Traditionen, Tabus, wie primitive Stämme sie haben, und die Geschichte war nur ein kurzes Aufflackern des ewigen Lichtes zwischen dem dunklen Zeitalter der Pyramiden, das vor dreitausend Jahren endete, und dem Zeitalter der Pyramiden, das jetzt vielleicht endgültig angefangen hat. Dann sind wir das erste Geschlecht auf Erden ohne Zukunft.« Er faßte Corinth am Ärmel, blieb stehen und fragte unvermittelt, als ob die Antwort die Richtigkeit seiner Ausführungen unterstreichen müßte: »Sagen Sie einmal ehrlich, Herr Doktor: Haben Sie sich in Frau Viebahn verliebt?«
Sie standen an der Treppe zum Foyer. Von unten her waren endlich wieder Stimmen zu hören. Corinth zog seine Uhr auf.
»Wieso?«
»Ich dachte, das aus Ihrem Blick gestern schließen zu können, im Auto, als ich meine Hand auf ihr Knie gelegt hatte.«
Er ließ Corinth los. Corinth dachte, er sieht im Dunkeln wie eine Katze. Noch immer unterschätze ich ihn.
»Was Sie sahen, war der Wodka mit Pfeffer.«
»Soll ich Ihnen einmal Frau Viebahns Lebensgeschichte erzählen?«

»Kennen Sie Frau Viebahn so gut?« Verwundert sah Corinth ihm in die Augen; die kannte er besser als alle anderen Augen – was für Augen hatte Hella eigentlich?

»Sehr gut«, sagte Schneiderhahn und ging die ersten Stufen der Treppe hinab –, »auch wenn ich sie gestern zum ersten Mal traf: in Ihrer Gegenwart. Ihr Vater war Sozialdemokrat. 1933 lief er zu den Nazis über, weil die Sozialdemokratie sich im Ersten Weltkrieg selbst verraten hatte und weil Hitler wenigstens etwas unternahm. Er sprach aber weiterhin von ›dem Anstreicher‹. Im Jahre '39, als ihr Vater schon nur noch aus Furcht Beiträge zahlte, trat Frau Viebahn in die Partei ein. Aus lauter Angst vor seiner Tochter meldete er sich '40 zur SS. Seine Tochter war damals mit einem Hauptmann der Luftwaffe verlobt, der '43 in Nordafrika gefallen ist. Danach meldete sie sich freiwillig als Krankenschwester an die Ostfront ...«

»Frau Viebahn saß von 1939 bis 1945 in einem Konzentrationslager.«

Corinth kam es vor, als ob er eine Axt in junges Holz schlüge. Sie standen an der Garderobe. Schneiderhahn hatte seine Marke schon auf die Theke gelegt; mit großen Augen sah er Corinth an. Corinth spürte, daß seine Beine zitterten. Schneiderhahn schluckte.

»Oh«, murmelte er, »ich wußte nicht ...«

»Bitte sehr, der Herr.« Die Garderobenfrau warf seinen Mantel auf die Theke und legte die Kamera obenauf.

»In Auschwitz«, sagte Corinth leise, »warten Zahnärzte an den Ausgängen der Gaskammern. Wenn sich die Türen öffnen, stehen die nackten Leichen fest gegeneinander gepreßt in der Kammer, denn Platz zum Umfallen gibt es nicht. Familie an Familie. Die Leichen sind naß von Schweiß und Urin, kotbeschmiert, an den Beinen Menstruationsblut.

Während Arbeiter die After und Geschlechtsteile nach Gold und Diamanten absuchen, brechen SS-Zahnärzte mit Haken und Zangen die Goldzähne und Kronen aus den Kiefern.«
Sein Herzschlag dröhnte ihm in den Ohren.
»War es nicht so? Korrigieren Sie mich, wenn ich mich irre. Korrigieren Sie mich, *Herr Doktor.*«
Schneiderhahn sah sich rasch nach allen Seiten um, setzte den Hut auf, nahm seinen Mantel und zog Corinth in Richtung Tür. Dort angekommen, drehte Corinth ihn mit einem Ruck zu sich hin und herrschte ihn an:
»Antworte!«
»Nicht ... ich ...« Völlig verwirrt nestelte Schneiderhahn an dem Mantel über seinem Arm, er sah Corinth an, sah seine Augen. Da stieg blanker Haß in ihm auf und verzerrte sein Gesicht. »Ja«, sagte er und richtete sich etwas auf, als erwartete er einen fürchterlichen Schlag.
Corinth dachte, dich hab ich, er wandte seinen Blick nicht von ihm ab, seufzte tief und begann dann zu lächeln. Schneiderhahns Lippen bebten.
»Warum lachen Sie?«
Wie eine Krabbe kroch seine Hand über den Mantel, die Kamera. Corinth setzte den Hut auf und sagte:
»Was würden Sie sagen, wenn ich das an die entsprechenden Behörden weitergäbe?«
Schneiderhahn drehte sich um und lief mit raschen Schritten nach draußen. Dort wartete er auf Corinth.
»Nachrichten aus amerikanischen Quellen stehen hier nicht sonderlich hoch im Kurs, Herr Doktor!«
Er verzog das Gesicht und lief, den Mantel über dem Arm, zum Tor hinaus. Corinth hielt sich dicht neben ihm.
»Zu Recht, zu Recht vielleicht. Und deutsche Quellen?«

Schneiderhahn schwieg und ging eilig über den Bürgersteig. Plötzlich blieb er stehen, wollte etwas sagen, ging dann aber weiter. Vom Fluß her wehte ihnen kalter Wind ins Gesicht. Corinth schlug den Kragen seines Sakkos hoch und überquerte Schulter an Schulter mit Schneiderhahn den Platz.
»Könnten Sie nicht über dieses Thema einen Vortrag auf dem Kongreß halten? Das würde Aufsehen erregen. Sie wären über Nacht berühmt.«
Schneiderhahn sah ihn von der Seite an.
»Sie scheinen sehr guter Laune zu sein.«
»Warum nicht? Ich mache Ihnen keine Vorwürfe.« Schneiderhahn versuchte, zwischen sich und Corinth etwas Platz zu schaffen, doch der drängte sich immer wieder an ihn heran. »Als Teilnehmer an zehn oder zwölf Bombenangriffen auf Berlin, vier auf Hamburg, und, sagen wir mal, dreißig auf Mannheim, Köln, Essen, Hannover und was weiß ich, könnte ich Ihnen Vorwürfe machen. Hoffentlich hatte ich wenigstens das Glück, dabei Ihren Vater, Ihre Frau und Ihr Kind zu treffen. Aber keine Vorwürfe mache ich Ihnen als Teilnehmer an ...« – ausgelassen schwenkte er die Arme in alle Richtungen.
Schneiderhahn blieb stehen.
»Betrachten Sie mich einfach als Ihren Lieferanten.« Corinth grinste ununterbrochen. »Stellen Sie sich doch nur vor, Ihnen wäre dieses wunderbare Exemplar vorenthalten geblieben: das mit dem Baum, dessen Äste durch die Fenster nach draußen wachsen. Ich habe für Sie getan, was ich konnte.«
Mit offenem Mund sah Schneiderhahn ihn an. Sie standen vor der Kirche. Neben einem Bretterzaun hockten mittelalterliche Arbeiter und meißelten Knospenkapitelle und monströse Wasserspeier aus Elbsandstein.

»Sind Sie mir nicht dankbar? Und stellen Sie sich vor: außerdem bin ich auch noch Jude. Sie entschuldigen, früher sah man es mir deutlicher an.« Corinth lachte laut auf, nahm Schneiderhahns Arm und sagte: »Komm, wir müssen zum Kongreß. Nach meiner Uhr ist es jetzt eins.«

Formeln, Penisköcher

Die Symmetrie der Aula ermüdete ihn. Durch zwei hohe bemalte Fenster links (der Bauer, der Fischer) und zwei hohe bemalte Fenster rechts (der Arbeiter, der Intellektuelle) fiel Licht auf das Porträt eines weißhaarigen Mannes. Das Bild hing genau über dem Rednerpult, das mitten auf dem Podium stand. Wenn der gelehrte Jedrzej Zamoyski nur einmal hinter dem Pult hervortreten, wenn er die Symmetrie nur für einen Augenblick zerstören würde, die Frömmigkeit, den Gehorsam, dann verstünde man ihn sofort. Aber der Glaube des Polen an Kongresse war ungebrochen, er rührte sich nicht, und Corinth verstand, obwohl das Deutsch des Redners nicht schlechter war als sein eigenes, kein Wort. Die Delegierten lauschten in stiller Andacht, ab und zu war Gemurmel zu hören: Der Vortrag schien sensationell zu sein – der Pole erstarrte zunehmend.

»...die Berichte von Einlos aus Persien, von Dappert aus Abessinien, von Hruka aus Tirol ...«

Vorsichtig rückte Corinth ein paar Stühle weiter nach vorn. Als er in den Saal getreten war, eine halbe Stunde zu spät, hatte er sich genau in die Mitte der letzten Reihe gesetzt; nur ganz vorn hatte sich jemand nach ihm umgesehen: Hella. Schneiderhahn saß am Rand und schaute, die verschränkten Arme auf die Lehne gestützt, vor sich hin.

Er stand mit dem Gesicht zur Wand. Günther stand mit dem Gesicht zur Wand. Ludwig stand mit dem Gesicht zur Wand. Er selbst stand in lässiger Haltung hinter ihnen, unter dem rechten Arm hielt er eine Maschinenpistole, den linken Daumen hatte er in das Koppel geschoben. Irgendwo seitlich stand zögernd Hella. Eugène saß hinter ihm im kalkartigen Sand. Das war die Situation. Er steckte den Daumen hinter den Gürtel, und Triumph erfüllte ihn. Wie ein Geschwür war der Haß in Schneiderhahns Gesicht aufgebrochen. Das hatte ihm das gleiche Triumphgefühl verschafft, wie er es in der Nacht zuvor empfand, als Hella sich an ihn schmiegte. Er dachte, Frauen müssen den Mann lieben, Männer müssen ihn hassen, und ihm blieb: Sieg, Triumph, über alle Toppen flaggen!

»...darf jedenfalls diffuse Atrophie nicht in direkten kausalen Zusammenhang mit Überreizung und Entzündung gebracht werden, angesichts ...«

Der Pole streckte, die Symmetrie störend, einen Arm aus – was sofort Folgen nach sich zog: Professor Ruprecht nieste, und vorne rollte ein Bleistift über den Boden. Hella schlich auf Zehenspitzen hin und gab den Stift einem Moslem, der sich, die Hand grüßend an seinem rosafarbenen Turban, fünfmal verbeugte. Bevor sie sich setzte, blickte sie kurz nach hinten zu Corinth, der so tat, als ob er es nicht bemerkte, und rasch auf seine Fingernägel sah.

Ungenaue, zufriedene Gedanken schwirrten ihm durch den Kopf: Daß er nicht vergebens nach Dresden gekommen war, wenn er auch noch nicht wußte, warum; daß er einer vollständigen Lösung der Probleme näher kam, wenn er auch noch nicht wußte, welcher; und daß gerade dies vielleicht der Beweis der außerordentlichen Wichtigkeit war, denn: Noch nie in der Geschichte des Denkens wurde eine Antwort auf eine Frage gegeben, weil es nämlich die Antwort immer schon vor der Frage gibt, die erst hinterher mühsam aus der Antwort konstruiert werden muß, die ihrerseits durch Gnade aus dem Nichts entsteht; und daß der Mann seinen Samen doch nicht in etwas schon Bekanntes spritzen kann, in eine ganze Vergangenheit, denn die ist er eigentlich

selbst schon – sondern nur ins Unbekannte, in Passantinnen, denn er hat schließlich seinen *Auftrag*; daß ein Mann doch nicht erregt wird durch seine eigene Hand, wie Onanisten und Nekrophile und andere Solisten.
»... kommt darum beim depressiven Typus bedeutend häufiger vor als bei Schizophrenen oder anderen Nichtdepressiven. Die Parodontose ist beim depressiven Typus als vegetative Störung, ebenso wie die anderen vasomotorischen Krankheitssymptome, ein somatischer Ausdruck des depressiven Typus.«
Während der Pole sich steif verbeugte und sein Manuskript ordnete, standen die Kongreßteilnehmer auf, applaudierten kurz und schritten dann, sich unterhaltend, langsam zwischen den Stuhlreihen hindurch zum Mittelgang. Schneiderhahn ging sofort zur Tür. Ein eckiger, bäurisch wirkender Mann, der als Koryphäe aus Leningrad vorgestellt worden war, lief schnaubend an Corinth vorbei und rief, das Deutsche mit einem rollenden Akzent aussprechend, immer wieder:
»Prävention der Parodontopathien! Professor Zamoyski! Prävention der Parodontopathien!«
Auf dem Gang, den man durch eine Reihe von Türen betreten konnte und wo Kaffee gereicht wurde, kam Hella lächelnd auf ihn zu.
»Guten Morgen, Herr Doktor. Ausgeschlafen?«
Corinth spürte, daß sich sein Gesicht zu einem Grinsen verzog.
»Ich schon. Und du? Bist du nicht todmüde?«
»Sag hier lieber nicht Du zu mir.«
»Gut.«
»Ich hätte Lust, dich zu küssen.«
Er nickte und wußte nicht, was er sagen sollte. Höflich

drängelten sich die Ärzte um die gedeckten Klapptische, auf denen die Kaffeetassen standen. Lachend schauspielerte Hella:
»Wie fanden Sie den Parodontose-Vortrag, Herr Doktor?«
»Sehr interessant, sehr interessant.«
»Dieser Meinung scheinen nicht alle zu sein.«
»Das macht nichts. Wichtig ist nur, daß es ein guter Vortrag war.« Er sah auf den Zahn an ihrem Hals, und ihm fiel plötzlich ein, daß er vergessen hatte, sie danach zu fragen.
»Das ist wahr, Sie glauben ja nicht an die Vernunft und die Wahrheit.« Ihre Augen leuchteten. »Nachher wird ein Film gezeigt.«
»Ein Thriller?«
»Über Eßgewohnheiten in Neu-Guinea.«
»Ah, über Kannibalen.«
»Wer weiß. Auf diesem Kongreß scheinen die unmöglichsten Dinge zu passieren.«
Corinth trat etwas näher an sie heran.
»Haben Sie noch Informationen über unseren gemeinsamen Freund eingeholt?«
»Paß auf«, sagte Hella, ohne ihren Blick von ihm abzuwenden –, »da kommt er. Guten Tag, Herr Schneiderhahn«, sagte sie und reichte ihm lachend die Hand. »Wie geht es Ihnen? Die unzertrennlichen Freunde kamen natürlich wieder zu spät.«
»Herr Schneiderhahn«, sagte Corinth und schlug ihm herzlich auf die Schulter, »gleich gibt's einen Film über Kannibalen! Das wird Sie interessieren. Wenn man die so schmausen sieht, läuft einem das Wasser im Mund zusammen. Wie essen Sie Menschen am liebsten: gekocht oder gebraten?«
Schneiderhahn lachte dämlich: Er sah blaß und verunsi-

chert aus. Corinth betrachtete ihn mit Genugtuung und sagte:
»Sie wissen doch sicher, was das Feinste vom Feinen ist, nicht wahr? Der Handballen. In Sherry geschmort, mit einer Knoblauchzehe und einer Prise Paprika. Soll ich Ihnen das Rezept aufschreiben?«
»Herr Schneiderhahn mag«, sagte Hella und sah Corinth fest an, »bestimmt kein Menschenfleisch. Genauso wenig wie Sie.«
»Ach«, sagte Corinth und dachte, wenn du wüßtest – »am Altar ...«
Schneiderhahn blinzelte, blieb stehen, sagte aber nichts. Um sie herum drängelten sich die kaffeetrinkenden Delegierten, so daß sie eng zusammenrücken mußten. Hellas Blick wanderte zwischen den beiden Männern hin und her.
»Ich habe das Gefühl, daß Sie etwas zu besprechen haben«, sagte sie, »ich werde –«
»Aber nein, aber nein«, sagte Corinth. »Wir haben schon den ganzen Morgen miteinander geplaudert.«
Hella nickte freundlich.
»Ich sehe Sie dann beim Diner. Die Herren kommen doch heute abend ins Konzert?«
Während sie sich entfernte, wandte Schneiderhahn seinen Blick zu Corinth, der ihn grinsend ansah.
»Sie sehen blaß aus«, sagte er.
»Würden Sie bitte kurz mitkommen?«
Wie in die Enge getrieben, sah Schneiderhahn ihn an.
»Muß ich jetzt ins Gas?«
»Um Himmels willen«, zischte Schneiderhahn.
Corinth folgte ihm aus dem Gedränge heraus zu einem Tisch, auf dem Fachliteratur und Prospekte für zahnärztliche Instrumente auslagen. Hinter dem Tisch stand ein jun-

ges, blondes Mädchen. Corinth dachte, da haben wir sie, die Assistentin. Durch das Fenster in ihrem Rücken sah man einen alten Mann den Innenhof kehren.
Schneiderhahn stellte sich dicht vor Corinth; seine Haut war aufgedunsen, fettig. Er war verzweifelt.
»Sie müssen mir etwas versprechen.«
»Ich denke nicht daran.«
Schneiderhahn biß sich auf die Lippe und nestelte an Corinths Revers. Corinth drehte den Kopf zur Seite und blinzelte dem Mädchen zu, das lachend in eine andere Richtung sah.
»Ich muß Ihnen etwas gestehen.«
Corinth begann zu lachen.
»Noch etwas! Daß Ihr wirklicher Name Himmler ist? Mit weniger gebe ich mich nicht zufrieden.«
Schneiderhahn bemerkte, daß das Mädchen sie beobachtete, und auch einige der Ärzte sahen schon zu ihnen herüber. Er öffnete eine Tür, zog Corinth mit sich, und plötzlich standen sie in einem leeren Klassenraum.
Unter den Historien-Bildern standen die Bänke verlassen und gleichzeitig nicht verlassen: mit Tinte beschmiert, vollgestapelt mit Büchern und Heften, sahen sie still zur Tafel, auf der stand:

$$\lim_{\substack{\Delta x \to 0 \\ n \to \infty}} \sum_{k=0}^{k=n-1} f(x_k)\,\Delta x$$

$$0 = \int_a^b f(x)dx.$$

Daneben, in einem Kreis: *Nicht auswischen.*
»Sie werden mich vielleicht für wahnsinnig halten«, sagte Schneiderhahn, »aber ich beschwöre Sie, mir zu glauben.«
»Lassen wir das Schwören, worauf wollen Sie hinaus?«
»Ich weiß nicht, wie ich es Ihnen erklären soll.«
»Sie wollen mir doch jetzt nicht etwa erzählen«, sagte Corinth, setzte sich auf die Tischplatte der vordersten Bank und streckte seine Beine aus, »daß Sie nicht anders konnten? Daß Sie es aus Angst vor Ihrer Tochter taten, die mit einem Hauptmann der Luftwaffe verlobt war?«
»Sie halten das Ganze offensichtlich für einen geeigneten Gegenstand, um darüber Witze zu machen«, sagte Schneiderhahn gequält.
»Wäre Ihnen Abscheu lieber?« fragte Corinth hart. »Dann landen Sie heute nachmittag noch im Gefängnis. Ich habe Ihnen doch schon gesagt, daß ich Ihnen keine Vorwürfe mache. Was kümmern mich Ihre Beweggründe. Meinetwegen haben Sie es aus Liebe zu Ihrer Mutter gemacht.«
Schneiderhahn drehte sich um und wandte sich ihm dann wieder zu.
»Die Dinge liegen ganz anders, Herr Doktor. Das ist ... das ist alles nicht wahr.«
Corinth zündete sich eine Zigarette an. Hinter der Tür hörte man die Pausengeräusche. Er blies den Rauch aus den Lungen.
»Ach.«
Schneiderhahn ballte rhythmisch, als ob er die Wahrheit aus der Luft melken wollte, die Fäuste.
»Ich schwöre Ihnen, daß ich nie etwas mit Konzentrationslagern zu tun hatte.«
»Sie sind sich doch wohl im klaren darüber, welchen Eindruck Sie jetzt auf mich machen?«

»Ich weiß nicht, warum ich gestern das Gegenteil behauptet habe. Vielleicht ... weil ich Sie haßte, aber weshalb ich das tat, weiß ich nicht. Ich kenne Sie nicht einmal.«
»Ach, das ist nicht nötig, um jemanden zu hassen«, sagte Corinth beruhigend.
»Ich weiß auch nicht, warum ich aus Haß gegen Sie gerade das gesagt habe – ich meine ... Es ist mir schon öfter passiert, daß ... aber dann ... Sie hören mir gar nicht zu. Glauben Sie mir doch, um Himmels willen! Es war ein Anfall von Wahnsinn! Ich weiß nicht, was mit mir los war.«
»Gestern und heute. Das passiert Ihnen aber häufig.«
»Ich kann nur wiederholen, daß alles nicht wahr ist!«
Er atmete schwer, da seine Worte offensichtlich keine Wirkung hatten, er lief im Zimmer herum, nahm einen Zeigestock und stellte ihn wieder hin. Corinth beobachtete ihn aufmerksam und trat seine Zigarette aus.
»Ach, Sie wollen mir also jetzt sagen, daß Sie in Wirklichkeit von Stauffenberg heißen!« Corinth nickte. »Aber natürlich, ich verstehe: Sie warfen die Bombe auf Hitler und konnten nach Amerika fliehen, wo wir einander sogar begegnet sind, nur habe ich das inzwischen wohl vergessen. Sicher, sicher.«
Er steckte die Hände in die Hosentaschen und ging tänzelnd zum Fenster.
Auf dem Fensterbrett standen Pflanzen, deren Spitzen sorgfältig in Papier eingepackt waren. Aus einem großen Gebäude auf der gegenüberliegenden Seite, von dem nur noch eine Giebelwand stand, kam ein Lastwagen mit Schutt. Corinth drehte sich um.
»Ich verstehe nicht, warum Sie sich so aufregen. Ich wollte es nur genau wissen. Sie taten, was Sie taten, und ich tat, was ich tat. Ich wäre der Letzte, der Sie anzeigen würde.«

»Ich *tat* aber nicht, was ich tat!« rief Schneiderhahn. »Ich meine, ich habe überhaupt nichts getan!«
»Aber Sie haben es doch so schön ausgedrückt: die Heimatfront, die stillen Hügel, die friedlichen Wälder. Das hörte sich alles sehr authentisch an, wie Sie wohl auch an der Reaktion von Frau Viebahn bemerkt haben. Warum reden Sie nun so einen Unsinn? Sie sind schlicht und ergreifend stolz auf das, was Sie taten, und deshalb konnten Sie es nicht für sich behalten. Tja, so sind Sie nun mal, Sie versuchen eben auf Ihre Art, damit fertig zu werde. Mich läßt das völlig kalt, ich möchte nur, daß Sie das begreifen. Was mich angeht, so machen Sie es dadurch, daß Sie alles leugnen, nur noch schlimmer.«
Völlig verzweifelt lief Schneiderhahn zu ihm hin.
»Aber ich bin kein Mörder!« keuchte er. »Ich will nicht, daß irgend jemand auch nur denkt, ich wäre ein Mörder! Auch Sie nicht, Herr Doktor! Ich könnte noch mehr dazu sagen. Aber ich tue es nicht, weil ich fühle, daß ich das Recht dazu nicht mehr habe. Ihnen gegenüber habe ich mein Recht auf meine Wahrheit verspielt – in einem unbegreiflichen Anfall. Ich werde nicht mehr versuchen, Ihnen etwas zu erklären, aber ich bin kein Mörder. Beim Tod meiner Frau und meines Kindes schwöre ich Ihnen, daß ich kein Mörder bin.«
Zitternd hob er die rechte Hand zum Schwur.
Angewidert ging Corinth an ihm vorüber, blieb bei der Tafel stehen, wischte plötzlich die Formel aus und schrieb:

»Warum war Nero Nero?
Weil Nero Nero war.«

Er legte die Kreide weg, spuckte auf den Boden und verließ den Klassenraum.
Fast alle Kongreßteilnehmer hatten den Gang schon wieder

verlassen; die letzten betraten gerade die Aula. Vor dem Präsentationstisch stand das Mädchen und stapelte die Bücher. Corinth ging zu ihr hin.
»Kann ich Ihnen helfen?«
Er bemerkte, daß ihn das Gespräch kaum aufgeregt hatte. Errötend sah das Mädchen ihn an.
»Das macht nicht viel Arbeit. Müssen Sie sich nicht den Film ansehen?«
»Wir gehen gleich zusammen hin.«
Das Mädchen errötete noch mehr. Corinth reichte ihr einige Bücher und fragte:
»Wie heißt du?«
»Karin.«
»Norman.«
Sie unterbrach ihre Arbeit und gab ihm höflich die Hand.
»Sie haben aber kalte Hände. Sind Sie ein Eskimo?«
Lachend betrachtete Corinth die dunklen Brauen über den blauen Augen, ihre makellose Haut.
Die Tür öffnete sich, und Schneiderhahn betrat den Gang. Er warf einen Blick auf Corinth und ging durch die Tür zur Eingangshalle.
Mit vor Schreck gespitzten Lippen sah Corinth das Mädchen an.
»Ärger?« fragte Karin, während sie ihre Arbeit fortsetzte.
»So ähnlich. Er ist mein bester Freund. Aber leider muß ich ihn verachten. Das wäre nicht nötig gewesen. Findest du nicht auch, daß es nicht wichtig ist, was ein Mensch tut, sondern was er sagt?«
»Wie meinen Sie das?« Mißtrauisch sah sie ihn an.
»Ich meine, wenn jemand zum Beispiel einen ... einen Einbruch verübt hat. Nicht, daß der Herr einen Einbruch verübt hätte, nein, mach dir da mal keine Sorgen. Aber wenn

jemand einen Einbruch begangen hat, und er erzählt seinem Freund davon, dann findet der Freund das nicht besonders schlimm, verstehst du, denn er ist schließlich sein Freund und, sagen wir, selbst auch Einbrecher. Aber wenn er den Einbruch leugnet, aber der Freund weiß, daß er es doch getan hat, dann wird er ihn verachten. Nicht weil er einen Einbruch begangen hat, sondern weil er mit seiner Lüge ihre Freundschaft verrät.«

»Wenn meine Freundin irgendwo eingebrochen hätte, dann würde ich ihr sagen, daß sie den Kram zurückgeben soll.«

»Natürlich. Was aber, wenn der Kram nicht zurückgegeben werden *kann*.«

»Warum sollte das nicht möglich sein?«

Mit einem leisen Lächeln sah Corinth sie an.

»Was aber, wenn schon alles verkauft ist?«

»Dann muß man es zurückkaufen.«

Corinth schwieg kurz.

»Darüber werde ich nachdenken«, sagte er.

Als sie die Aula betraten, bissen schon riesige Zwerge in geröstete Kürbisse und Känguruhs; der Projektor stand in der Mitte zwischen den Stuhlreihen, und im flackernden Urwaldlicht suchten sie sich einen Platz in den hinteren Reihen. Corinth legte seinen Arm um ihre Schultern.

»Aber Herr Norman«, flüsterte sie.

»Ich fürchte mich im Dunkeln.«

»Sie sind mir vielleicht einer.«

Willig sperrten die Wilden vor der Kamera ihre Münder auf; andere Wilde sahen kichernd zu, ohne sich durch das Huhn, das sie achtlos an einem Flügel festhielten, ablenken zu lassen.

»Wie abscheulich«, sagte Karin.

Corinth dachte, wenn er reinkommt und mir ein Messer in

den Rücken bohrt, dann weiß Karin, daß er es war, und das weiß er auch; er wird es also nicht tun.
Karin lachte. Einer der Zwerge hielt kreischend seinen Penisköcher umklammert, während ein Herr in einer kurzen weißen Hose ihm einen Zahn zog, den er dann lachend dem jubelnden Dorf zeigte. Der kleine Mann sprang auf, grapschte den Zahn aus der Zange und rannte aus dem Bild. Kurz darauf lag er gefesselt vor den Herren auf dem Boden, und sie pulten lachend die Wurzelreste aus der Wunde. Der Penisköcher löste sich plötzlich, und während die Stammesgenossen vor Vergnügen Purzelbäume schlugen, sah Karin zu Corinth hinüber.
»Nicht jugendfrei«, flüsterte er.
»Das ist ja entsetzlich.«
»So sind wir Zahnärzte.«
»Sind Sie auch so ein Schinder?«
»Ich? Ich bin zu allem fähig. Was hast du morgen abend vor?«
Sie sah zur Leinwand und wieder zu ihm.
»Sind Sie ein Schuft?« wollte sie wissen.
»Ich betäube nie.«
Er lachte, sah sie an und küßte sie. Sie legte ihre Arme um seinen Hals und küßte ihn wild. Heftig atmend fuhr er sich durch die Haare und sagte:
»Du schmeckst gut.«
»Ich putze mir jeden Tag zweimal die Zähne.«
»Sehr gut. Und viele Äpfel essen. Auch Eva hielt auf diese Weise ihre Zähne sauber.« Gott, was für ein schlechter Witz, dachte er.
Karin sah ihn von der Seite her an.
»Hatten Sie es mit Frau Viebahn auch so eilig, Herr Zahnarzt?«

»Mit Frau Viebahn?« fragte er überrascht.
»Tun Sie nur nicht so unschuldig. Ich habe schließlich keine Tomaten auf den Augen. Ich habe sehr genau gesehen, wie Sie sich ihr gegenüber gestern beim Diner und auch vorhin verhalten haben.«
»Wo hast du gestern denn gesessen?«
»Fast genau Ihnen gegenüber, aber Sie hatten nur Augen für Frau Viebahn. Als Sie weggingen, folgte sie Ihnen rasch, und auch Ihr Freund lief eilig hinter Ihnen her: der Einbrecher, Sie wissen schon. Schöner Kongreß. Und uns erzählt Frau Viebahn immer, wie wir uns zu benehmen haben...«
Corinth streichelte ihren Nacken.
»In mir ist auch nicht die Spur eines Gedankens an Frau Viebahn, Karin.«
»Aber in mir schon. Wenn sie sieht, daß ich hier mit Ihnen sitze ... Nehmen Sie lieber Ihren Arm weg.«
Corinth griff nach ihrer Hand, die in ihrem Schoß lag, und fragte:
»Wann morgen?«
»Elf Uhr? Beim Zwinger.«
»Gut. Ich habe einen Wagen.«
»Nimm die Hand lieber auch weg.«
Der Eingeborenenfriedhof. Eine Grotte am Ozean. Reihenweise lagen Schädel übereinandergestapelt, einige noch mit Fleischfetzen, Haut, den grenzenlosen Blick auf den Horizont gerichtet. Für eine Sekunde ließen die Bilder in Corinth eine bodenlose Stille entstehen – dann leuchtete eine blitzartige Klarheit in ihm auf, aber für einen so kurzen Moment, daß er im gleichen Augenblick alles wieder vergessen hatte. Die Kamera bemühte sich, die Gebisse möglichst deutlich zu zeigen. Ein behaarter Totenschädel war umgekippt, und eine weiße, zivilisierte Hand mit einem Siegelring

nahm den Unterkiefer und drehte ihn vor der Linse hin und her.
Einige Minuten später lehnte Corinth sich zu Karin hinüber und flüsterte:
»Hat Frau Viebahn dich gestern abend angerufen, Karin?«
»Gestern abend? Ja, so gegen neun, ich wurde während der Rede des Professors ans Telefon gerufen.«
»Worum ging's?«
»Doch neugierig?«
»Nein, es geht um etwas anderes.«
»Es war wegen Budapest.«
»Was gibt es denn in Budapest?«
»Keine Ahnung. Nichts Besonderes. Unruhen, glaube ich. Jugendliche Rabauken haben das Museum angezündet. Das stand heute morgen jedenfalls in der Zeitung.«
Corinth dachte, ich muß mir eine Zeitung kaufen.
Ein zahnloser, achtzigjähriger Zwerg neben einem abgestochenen Schwein sah auf und lachte dem Kongreß aufmunternd zu. Grübelnd starrten die Delegierten in die leere Mundhöhle.

Der Sturm

In kleinen Gruppen verließen die Kongreßteilnehmer das Restaurant und gingen zum Konzertsaal. Noch etwas benommen vom fetten Essen und dem Wein wartete Corinth an der Pförtnerloge auf Hella. Seit der Mittagspause hatte er nicht mehr mit ihr gesprochen; ununterbrochen war sie mit irgend etwas beschäftigt gewesen; während des Essens – sie saß mit den Russen an einem anderen Tisch, lachte ziemlich ausgelassen und prostete ihren Nachbarn zu – hatte sie nicht ein einziges Mal zu Corinth hinübergesehen; als er den Speisesaal verließ, bat sie ihn im Vorbeigehen, draußen auf sie zu warten. Irgend etwas braute sich da über ihm zusammen. Um Karin hatte er, wie versprochen, einen Bogen gemacht, und Schneiderhahn war nicht wieder aufgetaucht: Vielleicht hing er schon an seinen Hosenträgern am Baum in der Ruine.

Während er seine letzte Lucky Strike rauchte, betrachtete Corinth den Zeitungsständer, und plötzlich fiel ihm Karins Bericht über Budapest wieder ein. Er kaufte eine Zeitung und fand auf der Titelseite einen kurzen Artikel über die Unruhen: Angeführt von den alten Horthy-Faschisten, machten kriminelle Elemente die Straßen unsicher, Anschläge auf Repräsentanten des Staates waren verübt worden, und das Museum stand in Flammen; der Aufstand war schon fast niedergeschlagen, auf die Haupttäter wartete die strenge Verurteilung durch das Volk. Weiter nichts Besonderes. Während er einen langweiligen Bericht über die Eröffnung des Kongresses in Dresden las (kein Wort über seine Flucht gestern abend, wohl aber sein Name zusammen mit denen der Russen), kam Hella.

»Gehen wir?«
Es war naßkalt, aber es regnete nicht. Schweigend ging Hella neben ihm her; auf ihrem Gesicht lag der gleiche strenge Ausdruck wie gestern, als sie zu Ludwig gesagt hatte: Finden Sie, daß wir weniger Kongresse veranstalten sollten? Geh zum Teufel, dachte er und erkannte in der Dämmerung den turmhohen Schuttberg, den er am Mittag vom Auto aus gesehen hatte.
»Was hat dort gestanden?« fragte er, um irgend etwas zu sagen.
»Die Frauenkirche«, sagte Hella, ohne ihn dabei anzusehen. »Eine der berühmtesten Barockkirchen. Auch Goethe erwähnt sie. Tausende von Menschen hatten sich in ihre Kellergewölbe geflüchtet, die Kirche ist über ihnen zusammengestürzt. Den Trümmerberg will man als Mahnmal erhalten.«
Da war er wieder, der Reiseführerton. Natürlich hatte sie ihn zusammen mit Karin gesehen. Auf den Straßen war es ruhig; in einer Ruine kokelten Kinder. Er schwieg und pfiff leise vor sich hin.
»Trägt man in Amerika keine Mäntel?«
Ein Annäherungsversuch.
»Was ist los mit dir?« fragte er. Sie schwieg. »Ich hab dich was gefragt.«
»Das könnte besser ich dich fragen.« Sie wandte ihren Kopf zur anderen Seite. »Du bist ein Schuft, ein Schuft ...«
Er wußte genau, daß sie weinte. Ein Lachen huschte über sein Gesicht, er hielt sie fest und wollte sie in den Arm nehmen, aber sie drückte ihn weg. »Faß mich bitte nicht an.«
»Schämst du dich etwa wieder wegen der Leute?«
Sie verzog den Mund und blieb mit Tränen in den Augen stehen.

»Oh, was bist du doch nur für ein verdammter Schuft, ach, was bist du doch nur für ein verdammter Schuft. Und du findest das auch alles noch toll. Du müßtest dich mal grinsen sehen.« Sie wollte noch mehr sagen, preßte aber die Lippen fest zusammen und ging weiter.

»Ich wüßte mal gern, worüber du eigentlich redest«, sagte er, ohne sein Unverständnis besonders überzeugend klingen zu lassen. »Redest du vielleicht von Schneiderhahn?«

»Nein, ich rede von dir!« rief sie und erschrak über ihre lauten Worte. »Du denkst wohl, daß ich blöd bin?«

»Was ist denn schon gewesen? Väterliche Zuneigung. Nachher erzählst du mir noch, daß wir uns geküßt hätten.«

»Nein, das ist dir bestimmt nicht geglückt. Aber wenn die Gelegenheit dagewesen wäre, hättest du es getan. Und dann dein Feingefühl, mit dem du den ganzen Tag über jede Begegnung mit ihr vermieden hast. Sicher wolltest du mich schonen.«

»Das ist ja unglaublich! Wenn ich nicht mit ihr rede, *meide* ich sie. Wieso habe ich sie denn dann gestern nicht gemieden, als ich auch nicht mit ihr gesprochen habe?«

»Nein, das war kein Meiden. Du bist doch sicher nicht so dumm zu glauben, ich wäre dumm, oder? Du hast sie schlicht und einfach nicht gesehen. Du hast nur auf mich geachtet und überlegt, wie du mich ins Bett kriegen könntest; jetzt, wo du das geschafft hast, bin ich uninteressant für dich. Warum suchst du dir eigentlich nicht gleich eine Hure? Es gibt genug davon in Dresden, und wenn du willst, besorge ich dir auch noch die Adressen.«

Corinth schwieg und dachte, fast wie in Baltimore. Grinsend sah er sie von der Seite an.

»Achtzehn Jahre!« Sie fauchte wie eine Katze. »Eine Schülerin! Aber dem werde ich einen Riegel vorschieben, da kannst du unbesorgt sein, und glaube nicht, daß du tun kannst, was du willst. Wenn ich an deine arme Frau denke...«

Corinth blieb stehen, legte seinen Kopf in den Nacken und brach in ein kurzes, brüllendes Lachen aus, sah sie einen Moment lang an und ging dann weiter. Sie sagte erst wieder etwas, als sie vor dem erleuchteten Eingang des Konzertsaals die Straße überquerten.

»Wie konnte ich nur so schwachsinnig sein. Einmal lasse ich mich gehen. Einmal denke ich, dieser Mann kann wirklich kein Schuft sein, denn sein Gesicht ist schon kaputt. Aber ich bin dir für die Lektion dankbar. Das erste beste dahergelaufene Mädel – *paß auf!*« rief sie und zog ihn zurück, als er (absichtlich) einen Schritt zu weit auf die Straße vor ein herankommendes Auto trat.

Er sah sie an und faßte sie am Ellenbogen.

»Faß mich bitte nicht an!«

Im Foyer, wo sie ihren Mantel und er seinen Hut abgab, betrachteten die Sumpfwaldleute höflich die Kleidung der aus südlicheren Gefilden kommenden Delegierten. Auf ihn achtete niemand – welcher Deutsche achtet schon auf ein verstümmeltes Gesicht? –, und ohne weitere Worte zu wechseln, führte er Hella zu ihren Plätzen.

Auf der Bühne herrschten die alten Zeiten. Schweigend saßen sie nebeneinander, umgeben von der Zukunftsmusik des Stimmens. Auf der anderen Seite setzte sich Tsch'wè Unsang neben Hella, er öffnete eine Partitur und las während des Konzerts, das kurze Zeit später begann, die Noten mit.

Als die Pause begann (und Scheinwerfer an- und ausgegangen waren nach Abermillionen Bewegungen und den ver-

geblichen Flugversuchen eines Mannes), hatten sie noch immer kein Wort gewechselt. Hintereinanderher schoben sie sich langsam zum Foyer, wo, umgeben von hohen, hellen Wänden, ein plappernder Mahlstrom sich drehte. Im Gänsemarsch machte man im Foyer die Runde, so daß in der Mitte ein freier Raum blieb, durch den man einander höflich musterte; dann und wann durchquerte ein Einzelner schüchtern diesen Raum, als ob das ein Vergehen wäre.
Nachdem er Karin dreimal auf der gegenüberliegende Seite neben irgendeinem transalpinen Zahnarzt entdeckt hatte, sagte Corinth:
»Haben Sie Freund Schneiderhahn schon gesehen?«
»Nein.«
»Hat er gesagt, daß er nicht kommen will?«
»Ich habe keine Ahnung.«
»Merkwürdig.«
Plötzlich sah sie ihn scharf an.
»Sie haben ihm doch wohl hoffentlich nichts erzählt?«
»Mir hat er etwas erzählt. Wenn Sie mir nun mitteilen würden, was Sie über ihn erfahren haben?«
Sie überlegte kurz und sagte:
»Wir haben uns gewaltig geirrt. Er war während des Krieges gar nicht in Deutschland.«
»Ach.« Corinth atmete durch die Nase aus. »Er hat also die Leute gestern abend doch nicht belogen.«
»Nein.«
»Warum hat er dann Ihnen gegenüber behauptet, daß er gelogen habe?«
»Er hat auch mich nicht angelogen.«
»Wie ist das möglich? Besitzt er magische Fähigkeiten?«
»Geht Sie das überhaupt noch was an?«
»Viel.«

»Meinetwegen?« Mit einem verächtlichen Blick, der schon fast auf der Grenze von Spott zu Freundlichkeit lag, sah sie ihn an.
»Auch.«
»Wegen wem denn noch?«
»Nicht wegen Karin, Hella. Würdest du es mir jetzt erzählen?«
»Hör gut zu«, sagte sie leise, »und versteh mich nicht falsch. Wie ich über dich denke, hat nichts damit zu tun. In meinen Augen bist du ein armseliger Schlappschwanz.« (Corinth dachte, das Wunder der Musik hat sie geläutert.) »Versprichst du, mich nicht weiter über das auszufragen, was ich dir jetzt erzähle? Versteh mich, bitte.«
»Sprich weiter.«
»Er spielte von 1942 bis 1946 eine wichtige Rolle bei einem ausländischen Geheimdienst.«
Dann ist er ja fein raus, dachte Corinth und fragte, während das Licht an und aus ging:
»Fein, er war also in Moskau. Aber was hat es dann mit den friedlichen Wäldern und Hügeln auf sich?«
»Mehr weiß ich auch nicht. Vielleicht hat er sich ab und zu mit Agenten getroffen. Irgend so etwas muß er gemeint haben.«
»Bestimmt. Hat er dir das alles erzählt?«
»Nein.«
»Hat er sich wenigstens bei dir entschuldigt, wegen seiner ... ungeschickten Ausdrucksweise gestern abend?«
»Nein.«
»Findest du das nicht merkwürdig?«
»Wieso?«
»Du mußtest dich immerhin übergeben.«
Beunruhigt sah sie ihn an.

»Was hat er dir erzählt? Du hast doch nicht etwa irgendwelche Andeutungen gemacht?«

»Nein. Nein ...« Er machte einen Schritt ins Niemandsland, blieb grinsend stehen und sagte: »Ich geh dann jetzt.«

»Was? Weg?« – »Ja. Ist besser so.«

»Aber das Konzert ist noch nicht zu Ende, gleich gibt es noch eine Premiere. Schostakowitsch.«

»Ich mach mir nicht viel aus Kunst. Ich geh dann.«

Er nickte. Langsam leerte sich das Foyer, und der freie Raum in der Mitte war plötzlich nicht mehr da. Wieder wurde das Lichtsignal gegeben, er ging in Richtung des Ausgangs und durchquerte den Saal, in dem nun Serviererinnen klappernd das Geschirr aufräumten. An der Tür zum Ausgang holte Hella ihn ein.

»Ich mache mich vor aller Welt unmöglich, weil ich dir ständig hinterherlaufe, aber warum gehst du *diesmal* eigentlich weg?«

»Ich bin nur müde.« Mit einer Hand berührte er ihren Arm. »Glaub mir. Ich gehe zu Bett.«

»Hast du schon wieder getrunken?«

»Ähm ...« Er verzog das Gesicht. »Ja.«

»Aber Günther ist noch nicht hier. Ich habe ihn erst in einer Dreiviertelstunde bestellt.«

»Ich komme schon nach Hause.«

»Was soll der Blödsinn? Warum wartest du nicht einfach bis zum Schluß?«

Zwischen den Mänteln saßen strickende Garderobenfrauen auf Stühlen und sahen zu ihnen herüber; ein Türsteher spähte durch eine kleine Luke in den Saal. Corinth ging zur Tür und sah, daß auf der gegenüberliegenden Straßenseite im Dunkeln der Wagen parkte. Im Wageninnern brannte Licht, Günther saß auf der Rückbank und las ein Buch.

»Er wartet schon gegenüber.«
»Oh ...«
Plötzlich sah er sie im grellen, kristallenen Licht, und er mußte grinsen.
»Nimm's mir nicht übel. Ich bin ein bißchen verrückt.«
»Sag mir etwas Nettes.«
Er hob eine Hand.
»Was?«
»Egal. Einfach was Nettes.«
Er schwieg und sah sich grinsend um.
»Gestern konntest du doch mit mir reden«, sagte sie und nahm seine Hand. »Ich weiß nicht, warum ich das alles tue. Du behandelst mich wie ein Straßenmädchen, aber ich merke, daß ich dir nicht wirklich böse bin. Und außerdem habe ich ja keinerlei Rechte auf dich. Noch ein paar Tage, und wir werden uns nie mehr wiedersehen. Sag doch was. Erzähl mir vom Kode. Du weißt schon, gestern konntest du so aufregend darüber reden.« Sie lachte vorsichtig.
»Ich weiß nicht, was soll ich sagen ...«
Er spürte ihre Hand. Um seine Beine wehte Zugluft. Seine Lippen waren wie gelähmt, und sein Kopf war schwer: ein Helm. Er sah sie, aber es war so, als ob sie nicht da wäre. Grinsend, die Wangenmuskeln verkrampft, sah er sie an. Hinter den Mauern ertönte das Donnern des Orchesters.
»Sag etwas über die Gesellschaft. ›Die Gesellschaft besteht aus geschminkten Gangstern, die ein Stück von Schiller aufführen, die den Text zwar rezitieren, ihn aber nicht verstehen, weil sie Barbaren sind.‹ So etwas.« Sie legte den Kopf auf die Schulter und lachte. »Schläfst du heute nacht bei mir?«
Corinth dachte, sie höhlt mich aus, sie weiß nicht, was sie tut; er grinste.

»Du brauchst nur mit dem Kopf zu nicken.«
Er schluckte, aber das Grinsen verschwand nicht von seinem Gesicht, er bewegte den Kopf – und sah nun in ihren Augen, was sie sah: etwas, das sie nicht mehr wiedererkannte, Angst, die sie mit aller Kraft bezwang.

Als sie den Schutt hinter sich gelassen hatten, die Brücke überquerten und den Hang hinauffuhren, sah er die Bäume. Er kurbelte das Fenster herunter, und kalte Luft, der feuchte Geruch von Blättern wehte in sein Gesicht. Er saß hinten; ein paarmal hatte Günther gutgelaunt versucht, ein Gespräch anzufangen, hatte es dann aber aufgegeben und drehte sich nicht mehr zu ihm um.
Die frische Luft verschaffte ihm keinerlei Erleichterung. Er schloß die Augen, öffnete sie aber sofort wieder – im gleichen Augenblick türmten sich schwarze Wogen in ihm auf; als er wieder hochsah, waren sie verschwunden. In die Lehne vor ihm hatte jemand ein kleines Loch gebrannt. Er dachte, ich habe meinen Hut vergessen, und im gleichen Moment fuhr ihm ein kalter Schauer über den Rücken, als ob dieser Gedanke nicht gedacht werden dürfte: als ob nur besondere Gedanken gedacht werden dürften, aber welche, das wußte er nicht. Er betrachtete Günthers Hinterkopf, und während er dies tat und sich nichts veränderte, wurde es in kurzen Zeitabständen kleiner, spröde, scharfkantiger: ein widerliches Zeichen dafür, daß es nicht existierte. Er öffnete die Augen so weit wie möglich, setzte sich anders hin und sah nach draußen. Er holte tief Luft und sagte:
»Würdest du bitte das Licht anmachen, Günther?«
»Das Licht, Herr Doktor? Im Wagen?«
»Ich ... muß etwas lesen.«
Er suchte in seiner Tasche und holte den Zeitungsausschnitt

von Krschowsky hervor. Das Licht ging an, und er las auf der Rückseite: *»13.30-16.30 Uhr T bis Z. Personen, die Selbstversorger sind und in Betracht kommen für einen Sonderzuschlag wegen –«*
Er hörte auf zu lesen, weil ihm das Wort »Selbstversorger« wie ein Tropfen Lack durchs Hirn fiel. Günther verlangsamte die Geschwindigkeit und setzte sich so, daß seine Nase fast die Frontscheibe berührte. Draußen waren alle Lampen erloschen, schwarz lehnte die Nacht sich gegen die Scheiben. Er wagte es nicht, den Ausschnitt umzudrehen, um den Artikel von Krschowsky zu lesen.
»Der germanische Mensch, im besonderen der Deutsche, unterstützt durch das M.G. 42 –« »Noch in dieser Nacht erschien eine große Anzahl von Polizisten und eine noch größere von Journalisten im Hotel, so daß wir am nächsten Tag unsere Ferien überstürzt abbrechen mußten.«
»Ich halte lieber kurz an, Herr Doktor. Mit eingeschaltetem Licht im Wagen zu fahren ist zu gefährlich.«
»Schalt ruhig aus, schalt ruhig aus.«
Er steckte den Artikel weg, und als es dunkel geworden war, hatte er das Gefühl, als streichle ihm jemand auf eine unbestimmte, seidige Weise über den Rücken. Er scheuerte seinen Rücken an der Lehne, aber es hörte nicht auf. Er legte die Hände auf die Lehne vor sich und beugte sich vornüber, um etwas zu sagen, sah dann aber seine Hände. Sie ruhten auf der Lehne. Hände. Seine. Er nahm sie weg und ließ die Arme hängen und sagte: »Schneller.«
Günther wandte sich kurz um und gab Gas. Der Wagen hielt ihn in seinem gepolsterten, eisernen Maul und eilte mit ihm weg. Tief ein- und ausatmend, lehnte Corinth sich zurück, aber das hielt er nicht aus, sofort setzte er sich wieder aufrecht hin und wischte mit dem Ärmel über seine Stirn.

Mit jedem seiner Organe versuchte er zu ergründen, was in ihm vorging, aber sobald er es zu formulieren versuchte, war es das nicht, war es nichts. Aufrecht sitzend, nach allen Seiten um sich blickend, massierte er heftig seine Kleider, seine Seiten, seinen Magen. Als Günther über den rollenden Kies rutschte und in den Hof einbog, lief Corinth der Schweiß in Strömen über das Gesicht.
Schon war er ausgestiegen. Mit einem Finger auf den Lippen hing die Nacht in den Bäumen; das Haus war ein schlafender Löwe. Er eilte an den Mauern entlang, aber als er sich der Hintertür näherte, tauchten Hellas dunkles Zimmer mit den Pfeilern und sein eigener Käfig auf dem Dach in seiner Erinnerung auf, und er traute sich nicht hineinzugehen. Sein Herz hämmerte laut. Verzweifelt sah er sich um.
Aus dem Dunkel des Gartens flog ein großer Schatten auf ihn zu, er stieß einen Schrei aus und prallte mit dem Rücken gegen die Mauer. Dampfend und größer als ein Hund sprang die Dogge ihn an, drückte ihn gegen die Mauer und fuhr ihm mit ihrer warmen Zunge über Mund und Nase.
»Aus, Xingu! Aus!«
In die Hände klatschend, tauchte Ludwig zwischen den Bäumen auf, mit lautem Bellen sprang der Hund auf ihn zu. Mit einer Ecke seines Jacketts wischte Corinth den Speichel aus seinem Gesicht.
»Hat sie Sie schmutzig gemacht? Sie weiß nicht, wie stark sie ist. Brav, ja, du bist eine Brave. Kommen Sie doch bitte mit, dann werde ich gleich Ihre Sachen reinigen.«
»Nein, ich …«
Auf der anderen Seite des Hauses bog Günther, im ersten Gang fahrend, aus dem Hof. Ludwig blieb stehen, beinahe unsichtbar im Dunkeln. Er roch nach Alkohol. Er sah zum Himmel und sagte:

»Der Sommer ist vorbei.«

Corinth spürte, daß an seiner herabhängenden Hand etwas entstand, das eine Zunge schuf, die den Hund schuf, und der Hund schuf das Gras, das zu den Bäumen zog. Das alles war vorbei, als seine Hand plötzlich wieder allein war. Die Luft pochte gegen seine Wangen. Er keuchte mit weit offenem Mund.

»Da war noch etwas, was ich Ihnen sagen mußte ...«, sagte Ludwig. »Ich hab es vergessen ...«

»Ja ...«, sagte Corinth. Das Geräusch des Motors verschwand in der Ferne. Und als er seine Stimme hörte: »Ja! Sie könnten das Haus mal wieder anstreichen.«

»Anstreichen, ja. Und für jeden Eimer Farbe zehn Formulare ausfüllen, mich blödbezahlen, und nächstes Jahr sieht alles wieder genauso aus, weil wir hier so hervorragende Farbe haben. Diese wunderbare Farbe. Diese demokratische Volksfreiheitsfriedensfarbe, die wir hier haben ...«

Aber Corinth ging und ging nicht über das Gras, und der Boden senkte sich, und er ging durch einen Nieselregen, der so fein war, daß er bewegungslos in der Luft zu hängen schien, in der auch nasse Blätter seine Schläfen streiften. Und er stand zwischen den kalten, harten Baumstämmen, seine Schuhe versanken in der lockeren Erde – aber schwarzseidene Tücher schwebten unablässig aus den Baumkronen auf seinen Kopf herab und fielen langsam über Schultern, Rücken und Waden, und versteinert betrachtete er das Zittern der Blätter im Licht der Laternen, das von der Straße unten heraufschien, und wo er auch hinsah, da verdunkelte sich alles, wurde körnig, war aus sich selbst gefallen, und er versuchte, sich Gesichter vorzustellen: Ruprecht, Zamoyski, Ludwig, Karin, Schneiderhahn, seine Frau, aber die Namen verwesten in seinem Mund, die platten Porträts verfaulten im gleichen Moment, mal hier im Garten, mal dort, mal bei der steinernen Bank und den Rosenstöcken, und es gab nur noch den Sturm in der bewegungslosen Luft, den Krampf in seinem Schädel, in dem es hier und da noch dachte, daß er sofort etwas finden müßte, das Wirklichkeit hatte, ein Gesicht, ein Ding, daß es sonst ausbrechen würde und er zu einem kreischenden, wild springenden Ball würde – aber mehr konnte nicht ausbrechen: das war es.

Hella.

Aber ihr Gesicht zerfiel zu Staub in der Grube, die er war und in die sie mit dem Duft ihrer Todesstunde gefallen war, denn sie hatte ihn nie gesehen, und geschlafen hatte er mit ihr in der toten Zeit außerhalb der Geschichte, mit Heydrichs Liebe zu Lidice, mit der Brunst Attilas für Aquileia: – Als er das letzte Mal heiratete, blieb es am nächsten Morgen ruhig im Zelt, und seine geharnischten Reiter sahen nach und fanden ihn unverwundet in seinem Blut, und Ildico saß weinend neben der Leiche und verhüllte ihr Gesicht, so wie Hella unten in der Stadt weinte, während der Ovationen für Schostakowitsch, der auf der Bühne erschien, während Corinth auf der steinernen Bank seinen eigenen bebenden Körper sah, in dem er sich nicht erkannte und der im Sturm an ihm festhing wie der geschwätzige Fremde, während das Glühwürmchen seiner Unsterblichkeit zitterte durch die

III. Gesang

leere, entartete Nacht. Er pfeift »Kalamazoo«. Die Hände locker auf dem Stahl, blickt er in die brausende Nacht. »Ich langweile mich!« schreit Alan im Heck. »Sollen wir tanzen, Mauerblümchen?« Überall wogen die Wälder noch wie

Kornfelder. »Und dann kam ich nach Hause«, ruft Frank aus der oberen Kuppel, »und griff ihr zwischen die Beine ...« »Wie heißt dieser Weiler?« ruft Archie. Harry blickt auf seine wie Toilettenpapier aufgerollte Karte. »Miltitz, glaube ich.« »Okay.« »Du bist zwei Grad vom Kurs.« »Geh zum Teufel.« Jim schiebt den Kopfhörer hoch auf die Schläfen. »Bei Weißenfels steht Flak. Was machst du?« »Ich sehne mich nach meinem Bett. Kurs 110.« »110.« Die Maschine ändert die Richtung, hüpft über einen Hügelrücken und fliegt in ein großes Tal.

> *K, a, l, a, m, a, z, o, o,*
> *»O, what a gal,*
> *In Kalamazoo!«*

Corinth lacht und sagt: »Wir wecken alle auf!« Patrick sieht ihn an und beginnt auch zu lachen; mit hochgezogenen Knien hockt er zwischen den dunklen, leeren Halterungen für seine Bomben. »Zieh deinen Fallschirm an, verdammter Kerl!« ruft Jim plötzlich. »Wann wirst du das endlich lernen?« »Du hast deinen auch nicht an.« »Zieh ihn an, sag ich!« »Zieh an, Patrick!« ruft Archie. Murrend steht er auf. »Warum müßt ihr immer – « »Hunnen!« schreit Frank und wird schon von seiner Kanone durchgeschüttelt. Corinth sieht ihn heranfliegen: aus großer Höhe, alle Bordgeschütze feuern. »Ich komm nicht an ihn ran!« brüllt er. Die Maschine dreht sich, und er zahlt es ihm heim, halb auf seinem verschwitzten Rücken liegend, die spuckende Messerschmitt im Visier erratend. »Scheißkerl!« kreischt Frank. »Verdammter Scheißkerl! Hurenbock!« In einigen hundert Metern Entfernung, auf gleicher Höhe mit ihnen, breitet sich ein tobender, gelber Feuerball in der Luft aus, in dem für einen Augenblick noch schemenhaft eine Liberator zu sehen ist, die aber im nächsten Moment in tausend Stücke zerbirst und auf die Hügel stürzt. Corinth hört die Kugeln an seiner Kuppel vorbeipfeifen und fühlt, wie sie hinter ihm in die Maschine einschlagen, die Messerschmitt ist sehr nah, er sieht, wie sie seine Leuchtspurmunition in sich hineinfrißt, im Cockpit sitzt entweder ein Wahnsinniger oder ein Toter: Er zieht die Maschine nicht hoch, feuernd und heulend jagt er vorbei, senkrecht, spurlos bohrt er sich in den Boden. »Der dreckige Hurenbock!« schreit Frank. »Der verdammte Dreckshurenbock!« »Der kommt in Australien wieder raus!« lacht Alan. »Gottverdammt! Wir brennen!« Meterlang schlagen die Flammen aus den Motoren am rechten Flügel, und Archie fliegt Kreise, um Höhe zu gewinnen. »Bist du wahnsinnig!« schreit Jim. »Wir müssen abspringen!« »Willst du da unten gelyncht werden?« Corinth, der schon halb aufgestanden war, hockt sich wieder hin. »Das Fahrgestell hängt raus!« ruft er. Auf dem Hügel sieht man einen langen, brennenden Streifen: die abgestürzte Maschine. Archie wendet sich halb um und ruft: »Ich versuche, bis zu den Russen zu fliegen! Wenn jemand abspringen will, ich halte ihn nicht auf!« Niemand sagt etwas. »Keiner? Frank, Patrick, Harry, werft soviel wie möglich über Bord! Jim, versuche Funkkontakt zu den Russen zu bekommen!« »Patrick ist tot«, sagt Harry. Corinth schaut in die Schatten hinter sich. Das Licht einer Taschenlampe irrt hin und her. Miltitz taucht auf. Die Maschine liegt schräg, gewinnt aber nicht mehr an Höhe. »Bist du sicher?« ruft Archie. »Der halbe Schädel ist weg.« »Wirf ihn auch über Bord!« »Archie – « »Wirf ihn raus, sage ich! Das ist ein Befehl! Wirf alles raus und such die Russen!« Alan schwenkt sein MG wild hin und her und schickt einen dichten Kugelregen auf Miltitz nieder; er schweigt und zittert, als ob er ein Teil der

Waffe geworden wäre. Das war Rache für Patrick. Irgendwo fängt etwas an zu brennen. »Hör auf damit!« brüllt Archie. Durch die Bombenluken fällt ein kleiner Schatten aus der Maschine und stürzt in die Stadt. Das ist Patrick. Ihm folgen stählerne Bodenplatten, Bombenhalterungen, alles, was Frank und Harry mit Hämmern und Schraubenschlüsseln ausbauen können. Und während Jim in allen Sprachen, die er nicht kennt, in sein Funkgerät ruft, sah Corinth Dresden wieder.

»Dresden«, sagte er und spürte den Geschmack von Silber im Mund.

Er schluckte. Eine Scherbe war aus der Sonne gebrochen und lag brennend auf der Erde. Die Stadt kam näher, sie waren mit ihr allein: nur sie und die Crew, sonst keine Jungs. Ein Gefühl der Befremdung beschlich ihn. Es war, als ob er erwartet hätte, sie unverletzt wiederzusehen: als ob der Angriff nicht wirklich geschehen, sondern ein verabredetes Spiel gewesen wäre, auf das sie und er sich mit einem Augenzwinkern eingelassen hatten, ein Spiel ohne Verpflichtungen, ohne Folgen. Er sah hinab. Langsam glitt die Schüssel voller Feuer unter ihm weg, und er fühlte, daß sich in ihm etwas veränderte: nicht viel, aber mitten in ihm. Seine öligen Finger fuhren über den warmen Stahl, und mit einem Gefühl, als ob er ausgehöhlt würde, wandte er seinen Blick ab und starrte in die Nacht. Es war wirklich geschehen. Sie existierte nicht mehr. Er wußte nicht, wie lange sie schon flogen, wie hoch und in welche Nacht – bis das Feuer da war, das ihm ins Gesicht sprang, und der Windstoß, der ihn wie mit einem Hammerschlag nach draußen warf, für eine Sekunde war über ihm die Maschine ein feuriger Gott, in dem die Jungs brüllten – und das grüne Geflüster lispelte: »...in deren Ranzen man keine Brotkruste mehr fand ...«

V

Ein kleiner schwarzer Hut

Der vom Weg abgekommene Wanderer biegt während der windstillen Geburt der Dämmerung um die Ecke eines griechischen Gehölzes und bleibt bewegungslos stehen. In einem kleinen Tal, am Hang, in einer außerirdischen Stille, hält seit undenkbaren Zeiten schon eine Gruppe von Zypressen und Taxussträuchern den Atem an und folgt mit zauberhafter Anstrengung dem Lauf der Sonne, die über den Inseln und dem Meer untergeht. Der Augenzeuge fühlt, daß sein Gesicht sich wie der Himmel im Westen rötet. Die Natur paart sich mit der Ewigkeit. Er wagt nicht, sich hinter vorgehaltener Hand zu räuspern, weil dadurch alles gleich vorbei wäre: Baum würde Baum, Strauch würde Strauch. Aber seinen Blick senkt er nicht. Er wagt es nicht, sich zu bewegen.

Hella hatte nur die Nachttischlampe eingeschaltet; sie saß nackt im Bett, aufrecht, mit den Kissen im Rücken, und hielt die Hände unter der Decke, die sie gegen ihre Brust drückte. Auf ihren hochgezogenen Knien lag Corinths Hut. Im Haus war es still. Rund um das Bett lagen kreuz und quer Baumstämme aus Schatten.
Sie dachte und dachte nicht,
von Kopf bis Fuß rieche ich wie ein Baby nach Seife, und es dauert nicht mehr lange, bis ich rote Flecken bekomme, weil er nicht kommt, und ich weiß nicht einmal, wo er ist, und Ludwig erzählte, daß er in den Garten gelaufen sei, während er sich mit ihm unterhielt, mitten im Gespräch, und daß er sich merkwürdig verhielt, er konnte nicht sagen wie,

aber merkwürdig, und wieso kommt er nicht zu mir, mir kann er doch alles sagen, ich könnte ihm helfen, aber er denkt nicht einmal an mich, er weiß nicht einmal mehr, daß es mich gibt, auf keinen Fall aber ist er noch bei diesem jungen Ding, das es nicht mehr wagt, mir in die Augen zu sehen, und alles, was ich jetzt von ihm habe, ist sein Hut, den mir die verwunderte Garderobenfrau mit einem mitleidigen Lächeln gab, als sie plötzlich niemanden mehr an meiner Seite sah;
ich habe mich so lächerlich gemacht, und was soll ich nun tun, denn jetzt kommt nie mehr jemand wie er, und ich wußte es schon, als ich am Flughafen auf ihn zuging und die Lautsprecher sagten »Mr. Corinth, informationdesk, Mr. Corinth« und ich sah es, und ich sah, daß er sah, daß ich es sah, sehr oft passiert so etwas nicht, aber ihm vielleicht mit jeder Frau, er hatte diesen verrückten Hut ein wenig in das zerfetzte Gesicht gezogen, und seine Augen waren zwei Stückchen Blau, die aus Amerika zu mir geflogen waren, um mich anzusehen, und er nahm lachend seinen Hut ab, hier diesen Hut, und ich dachte, o Gott, hoffentlich hat er nicht auch noch eine Glatze oder kahle Stellen auf dem Kopf, aber seine Haare wehten, und ich wußte nicht, was ich sagen sollte, ich dachte, wie dumm, ein Zahnarzt, und ich habe Victors Zahn am Hals hängen, aber er sah nur kurz hin und sagte natürlich nichts, aber auch später nicht, nun ja, später, ein paar Stunden später, als er auf mir lag und sein Hut dort auf dem anderen Bett;
ohne Hut läuft er jetzt draußen herum, und nie trägt er einen Mantel, wie kann ich morgen aufwachen und zum Kongreß gehen und ihn sehen, und er grüßt mich höflich und sagt Sie, weil ich ihn darum bat, und ich will nicht versuchen, das zu verstehen, ich sah es in seinen Augen, ich habe

ihn verloren, und das ist unbegreiflich, dergleichen sah ich vorher nur bei HILDEGARD, verstand ich HILDEGARD denn, als sie, Stiefel an den Füßen und eine Pistole an der Hüfte, mit einem Eimer voller Köpfe an uns vorüberging, die sie pfeifend den lachenden Kastraten zeigte, die in der brennenden Sonne gegen die weiß gestrichenen Bretter der Krankenbaracke lehnten, es ändert sich, ich verstand es genauso wenig wie die Zigeunerin aus Block III, die von Hildegard zu Tode geprügelt wurde und ihren jubilierenden Tod starb, Liebeslieder für Hildegard singend, die sich in den Hüften wiegte und zuhörte und uns anlachte, es sind zwei verschiedene Welten, ja, so muß ich es sehen, und währenddessen flog er in einem blinkenden Flugzeug über Bremen oder Hamburg, satt und gut rasiert, und drückte in aller Ruhe mit manikürten Fingern auf einen roten Knopf, er ist ein Mörder, ein gewöhnlicher Mörder, und Lastwagen voller Kleidung verließen die Lager, Liebesgaben für die brennenden Städte, so daß am Ende ganz Deutschland jüdische Kleider trug, lauter Kleider ohne Menschen, so wie dieser Hut, hat er ihn je getragen, wenn ich mir vorstelle, daß er ihn jetzt trägt, dann hockt er unter der Decke zwischen meinen Beinen, ich sehne mich nach ihm;
er kommt nicht, er kommt nie mehr, nicht einmal mehr reden konnte er mit mir, einfach so wie gestern, als wir durch Berlin spazierten und ich so streng mit ihm war, ich war ein schwerer Brocken, o Gott, o Gott, es war nicht selbstverständlich, aber er tat, als ob nichts gewesen sei, wo finden wir noch einmal so einen Mann, auch das noch, jetzt weine ich um mich selbst, und als wir auf der Terrasse saßen, die man in einer Ruine eingerichtet hatte, und wir den chilenischen Wein tranken, den es in Berlin gibt, und es Unter den Linden von Menschen wimmelte, die sich ein Windhund-

rennen auf der Straße ansahen, und er nicht einmal fragte, warum das alles veranstaltet wurde, weil es uns seit sieben Jahren gibt, unsere DDR, hatte er ihn auf dem Kopf; er ist wahnsinnig, weil er ein Mann ist und aus einer Frau kroch, wie alle Männer, und darum gibt es auch ein zweites Leben in seinem Leben, mit dem Schneiderhahn und ähnliche Leute etwas zu tun haben, warum wäre er sonst heute abend hier gewesen und hätte, wie Ludwig erzählte, nach ihm gefragt, sie machen gemeinsame Sache, vielleicht ist er sogar ein Spion, dann können sie mich auch gleich nach Bautzen bringen, und ich würde es nicht einmal schlimm finden, es ist sein zweites Leben, und darum hat er auch mit Karin angebandelt, ich dachte, mein Herz bleibt stehen, denn ich dachte, daß ich ihm etwas bedeutete, ich Idiotin, ich dachte, daß er mich braucht, aber er braucht mich so dringend wie diesen Hut, und einen Mantel trägt er nie, und wenn es jetzt nicht passiert wäre, dann wäre es in fünf Tagen passiert, wenn er zurückfliegt, aber es hätte nicht so passieren müssen, ich wünschte, ich wäre tot;
es ist still wie in einem Grab, der ganze Verein schläft, wie gestern abend, aber heute ist er nicht da, und ich bin allein, jetzt, da ich weiß, daß er Norman heißt, ich habe es nachgesehen, »Norman« wollte ich zu ihm sagen, »Norman, schön, ja, mach weiter, ich finde es auch schön«, ich wollte mich heute nacht nicht wie eine Hure fühlen, weil ich ihn erst fragen muß, wie er heißt, ich habe mit einem Mann geschlafen, dessen Namen ich nicht kannte, nie habe ich so mit all denen geschlafen, deren Namen ich kannte und auch die ihrer Brüder und Schwestern, deren Telefonnummern ich vorwärts und rückwärts kannte, ich hatte ihn, und sein Samen schmeckte wie rohe Pilze, und ich saß in einer warmen Kugel mit ihm, und nichts konnte mehr geschehen, ich

war zum erstenmal seit ich weiß nicht wie langer Zeit nicht allein, und jetzt will ich nie mehr einen Mann, er hat mich endgültig zur Jungfrau gemacht, und die Nacht und der Wahnsinn in seinen Augen haben ihn mir gestohlen, meinen Liebling, das ist, was mir von meinem Leben bleibt: ein Zahn, ein Hut ...
Mit geschlossenen Augen preßte sie ihre Lippen auf den Hut und vergrub ihr Gesicht darunter, während sie sich tiefer unter die Decken schob. Sie horchte bewegungslos, das Gesicht vom Hut bedeckt. Mit tiefen Zügen sog sie den Geruch in sich hinein, und plötzlich schüttelte sich ihr Körper im Bett, und sie jammerte wie ein Kind. Mit vom Weinen verzerrtem Gesicht stotterte sie: »da kommt es« und zog den Hut unter die Decke drückte ihn auf ihre Brüste und ihren Bauch, während sie ihren sabbernden Mund in die Kissen preßte und klagte: »Norman, Norman, es hört nie mehr auf, Norman, es hört nicht auf.«

Der Groll

Corinth öffnete die Augen: Unerschütterlich und bewegungslos lag die Welt um ihn herum: Der weiße Tisch, identisch mit sich und bewährt, stand im kühlen Licht der Nacht, die durch die Fenster ins Zimmer drang, das Waschbecken, über dem das Bild hing, die schimmelnde Decke. Ein Glücksgefühl durchströmte ihn, ein Gefühl, wie er es in der Jugend gekannt hatte, wenn er abends mit hohem Fieber, das alle Dinge in die Ferne rückte und sie zum Sieden brachte, ins Bett gelegt worden war, wenn er dann in der Nacht plötzlich wach wurde und das Fieber verschwunden war: Das Zimmer war zur Ruhe gekommen, alles war nah und still. Es war noch nicht der Tod gewesen.
Er konnte sich nicht daran erinnern, daß er nach oben gegangen war. Er drehte den Kopf zur Seite und sah nach draußen. Dünne, schwarze Fetzen glitten rasch an den Sternen vorbei, der Wind pfiff um das Zimmer, ab und zu spürte er einen kalten Luftzug in seinem Gesicht. Es war vorbei. Entscheidende Dinge waren geschehen, aber er wußte nicht, welche. Er dachte, es ist auch nicht nötig, daß ich es weiß. Er suchte in seiner Tasche nach Zigaretten, erinnerte sich dann aber, daß er keine mehr hatte. Er dachte, ich müßte irgend etwas tun, Fakten schaffen; aufhören zu rauchen, zum Beispiel. Im selben Augenblick war es für ihn beschlossene Sache; er setzte sich, ließ die Beine aus dem Bett hängen und stützte die Arme auf seine Knie. Erstaunt lauschte er dem Gefühl von Einheit in sich und dachte, es ist unglaublich. Eine Zeitlang betrachtete er seine Hände, zwei vertraute Flecke im Dunkeln; er fuhr sich mit beiden Händen durchs Haar. Vorbei. Er war in Dresden gewesen.

Über sich hörte er ein Poltern. Mit schwarzen Pupillen sah er zur Decke. Sofort schlug sein Herz lauter. Das Poltern wanderte zum Rand des Daches, und er sah einen Schatten die Treppe zum Ausguck hinabsteigen. Kurz darauf drückte jemand sein Gesicht gegen die Scheibe und klopfte an.
»Sind Sie wach, Herr Amerikaner?«
Er holte tief Luft, betrachtete das Gesicht und brummte ärgerlich. Mit einem Morgenmantel bekleidet, Pantoffeln an den Füßen und einen Schal um den Hals, kam Eugène herein.
»Schalte am besten gleich das Licht an.«
»Von mir aus können wir es auch aus lassen.«
»Schalte es lieber an.«
Geblendet schlossen sie die Augen. Als er sich an das Licht gewöhnt hatte, war Eugènes Schal rot.
»Schlafwandelst du?«
Eugène antwortete nicht. Mit offenem Mund betrachtete er Corinths Anzug. Corinth sah nun auch an sich hinab. Er war von oben bis unten mit Dreck und Schlamm beschmiert, eine Tasche war eingerissen, und an seinen Schuhen klebten Erdklumpen und Laub. Er sah auf das Bett: Die weiße Decke war ruiniert, auch seine Hände waren schwarz vor Schmutz.
Eugène kicherte.
»Schauen Sie nur mal in den Spiegel! Sie sehen aus wie ein Gärtner! Früher hatten wir einen Gärtner, der sah auch immer so aus!«
Während Corinth sich wusch, nahm Eugène auf dem Bett Platz.
»Was haben Sie heute abend alles angestellt?«
»Mit dem Hund gespielt. Und du – was führt dich hierher?«

»Nichts. Ich konnte nicht einschlafen.«
»Und da dachtest du, ach, dann klettere ich eben aufs Dach.«
»Genau!« lachte Eugène.
»Weiß Herr Ludwig, daß du hier bist?«
»O nein!«
»Was hast du da oben gemacht?«
»Nichts. Gucken.«
»Ach.«
»So habe ich dort oben gestanden«, sagte Eugène, stellte sich neben das Bett und breitete anmutig die Arme aus: Hermes.
»Wunderschön«, sagte Corinth und trocknete sich ab. »Wie ein junger Gott.«
»Haha!«
Corinth erinnerte sich daran, wie Ludwig gestern mit einem Handtuch die Fliegen weggescheucht hatte; keine einzige war mehr zu sehen. Eugène holte aus den Taschen seines Morgenmantels zwei Apfelsinen und hielt sie lachend hoch.
»Sollen wir die Apfelsinen essen?«
Corinth spürte, daß er nicht mehr Herr der Situation war. Mit halbgeschlossenen Augen sah er das Luder an.
»In Ordnung«, sagte er.
»Sie schälen die Apfelsinen, und ich mache Ihren Anzug sauber.« Er holte ein Messer aus der Tasche und sagte: »Machen Sie es sich doch auf dem Bett bequem.«
»Du hast wohl auch an alles gedacht, was?«
»Nein, wirklich nicht«, sagte Eugène, und während Corinth sich hinlegte, tat er so, als wollte er ihm in den Bauch stechen. Er legte Corinth die Apfelsinen und das Messer auf die Brust und machte einen Waschlappen unter dem Wasserhahn naß. Ohne sich umzusehen, sagte er:

»Eigentlich müßten Sie den Anzug kurz ausziehen.«
Corinth tat, als ob er es nicht gehört hätte, und schälte die Apfelsinen. Eugène wrang den Lappen aus und drehte sich um.
»Schlafen Sie heute nacht nicht bei der schönen Frau?«
»Wie kommst du denn darauf?«
»Glauben Sie etwa, ich hätte Sie nicht gehört?«
Corinth schälte weiter. Als Eugène sich neben ihn aufs Bett setzte und zu wischen begann, öffnete sich der Morgenmantel, und der nackte, nur mit einer Unterhose bekleidete Hermeskörper wurde sichtbar.
Dieses durchtriebene Biest, dachte Corinth. Wenn ich nicht aufpasse, gehe ich gleich, nur um der Ironie willen, noch mit ihm ins Bett. Eugène schwieg. Er stützte sich mit einer Hand auf Corinths Schenkel und arbeitete sich mit dem Waschlappen am Bein hoch.
»Das hat nichts mehr mit Saubermachen zu tun«, sagte Corinth.
Erschrocken sah Eugène ihn an.
»Womit denn?«
»Iß mal was.«
Er gab ihm eine halbe Apfelsine. Eugène putzte seine Hände ab und nahm sie. Er war rot geworden. Corinth legte den Kopf in den Nacken: Die Apfelsine zerplatzte und verspritzte ihren hellroten Saft in seinen ganzen Mund, und er sah, daß Eugènes Blick auf ihn gerichtet war.
»Lump«, sagte er kauend, aber es klang anders, als er es gemeint hatte.
Ohne seine Augen von ihm zu wenden, schluckte Eugène nervös.
»Hier ...« stotterte er, »hier war heute abend ein Herr, der zu Ihnen wollte ...«

»Ein Herr? Was für ein Herr?«

»Ich habe seinen Namen vergessen. Er hatte einen schwarzen Bart und ...«

»Was wollte er?«

»Ich weiß nicht. Sie sprechen.«

Corinth setzte sich aufrecht hin; das nasse Hosenbein klebte an seinem Unterschenkel. Was wollte er? Was gab es noch zu besprechen? Alles, was er mit Schneiderhahn erlebt hatte, schwebte plötzlich in der Luft: eine große Form, in der nichts eigene Gestalt hatte, die aber alles umfaßte: die Begegnung in dem verräucherten Saal, Alexanders Bar, das Museum, der Klassenraum mit den Formeln an der Tafel – so wie ein Künstler sein vollendetes Werk überblickt, es vor seinen Augen auferstehen läßt und es mit einem Blick begutachtet und prüft, ohne dabei an etwas Bestimmtes zu denken. In diesem Augenblick sprangen plötzlich zwei Sätze aus der Form hervor: *»Ich kenne Sie nicht einmal.«* Und er selbst: *»Ach, das ist nicht nötig, um jemanden zu hassen.«* Im Klassenraum.

Corinth sprang auf. Zitternd, den nassen Lappen in den Händen, zog Eugène sich in Richtung der Fensterbank zurück. Klares, weißes Licht durchströmte Corinth vom Kopf bis zu den Füßen. Der Schweinehund! Er hatte nicht gelogen! Zuerst hatte er gelogen und danach nicht! Nie hatte er irgend etwas mit einem Lager zu tun! Er war ein Kämpfer für die gute Sache!

Mit wild funkelnden Augen sah Corinth zu Eugène – dann rannte er in höchster Euphorie aufs Dach hinaus, schwang sich durch die Türluke und sprang die Treppe hinunter.

Keuchend sah er sich unten in der Halle um. Die Große Hure Babylon, jetzt von innen beleuchtet, stand in der Bleiverglasung, tot. Er entdeckte eine Tür, die er vorher nicht

gesehen hatte, riß sie auf, sprang ein paar Stufen hinab und stieß eine zweite Tür auf, tastete neben sich und legte einen Schalter um.
In dem niedrigen Kellerraum lag bleich, mit schweißnasser Stirn, aber roter Nase, Günther und schlief. Unruhig drehte er sich auf die andere Seite.
»Heh!« rief Corinth, stand mit einem Sprung neben ihm und schüttelte ihn kräftig. »Aufwachen!«
Günther schreckte hoch und schlug die Decke zur Seite.
»Wer ... ich ...«
»Wo sind die Wagenschlüssel?«
»Ich habe immer ... fiel durch das Strohdach in den ...«
»Wo sind die Schlüssel? Aufwachen!«
Mit halbgeschlossenen Augen stolperte Günther zu seiner Jacke, die über einem Stuhl hing. Unter einem kleinen vergitterten Fenster stand ein in seine Einzelteile zerlegtes Moped, davor ein Kinderwagen voller leerer Konservendosen. Als er die Schlüssel gefunden hatte, sah er auf Corinths Anzug, riß die Augen auf und sagte:
»Herr Doktor, wozu ... Ich darf Ihnen nicht einfach ...«
Corinth ging einen Schritt auf ihn zu, ohrfeigte ihn und riß ihm die Schlüssel aus der Hand.
»Du willst wohl lieber etwas über Hitler plaudern, was? In Königsberg!« lachte er und sprang die Treppe hinauf.
Draußen angekommen, eilte er ums Haus, öffnete die Wagentür und ließ den Motor an. Mit Vollgas und hastig die Gänge wechselnd, wendete er, bog aus dem Hof, raste am Schillerhäuschen vorbei hinab zur Brücke und fuhr, so schnell es ging, in die Schuttwüste.
Sein Kopf glühte. Er sah auf die Armbanduhr. Es war drei Uhr. Wie in Ekstase starrte er vierzig Meter voraus auf die unter ihm wegfließende Straße, wo das Licht der Scheinwer-

fer sich in der Nacht verlor. Mauern, Ruinen, Hügelchen flogen vorbei, leicht schleudernd wich er den Schildern »VERBOTEN – AUCH FÜR FUSSGÄNGER« aus. Im Motor war jetzt ein Klappern zu hören. Mit raschen, kurzen Blikken versuchte er, die Tankuhr zu finden, aber alle Armaturen waren kaputt, die Tachonadel zeigte zitternd dreißig Stundenkilometer an, obwohl er mindestens hundertzehn fuhr. Er hatte keine Ahnung, wo er war, aber mit gefletschten Zähnen schaukelte er auf dem Sitz hin und her und trat das Gaspedal bis zum Bodenblech. *»Ich kenne sie nicht einmal.«* Das ist nicht nötig, um jemanden zu hassen – ein Henker weiß das! Das war die Bemerkung eines Idioten, eines rechtschaffenen Lügners! Er krampfte die Hände um das Lenkrad, die Scheinwerfer strichen an kaputten Mauern, einem eingestürzten Tor vorbei, und mit quietschenden Reifen kam er im letzten Moment vor einem Schutthaufen zum Stehen, er wendete und raste zurück, bog rechts ab, dann links, holperte über ein Stoppelfeld, kam wieder auf die Straße und gab Vollgas.

Es war Viertel nach drei, als er plötzlich links und rechts neben sich Häuser sah, kurze Zeit später erreichte er einen einsamen Platz, wo mitten auf der Straße Männer an einem parkenden Lastwagen arbeiteten; hinter dem Wagen hatte ein zerplatzter Mehl- oder Salzsack das Pflaster weiß gefärbt. Mit quietschenden Reifen kurvte er um den LKW, polterte über den Bürgersteig und bog, seinem Gefühl und der Erinnerung folgend, in eine Straße ein. Er hatte schon einen Kilometer zurückgelegt, als ihm klar wurde, daß er gerade an dem Hotel vorbeigefahren war. Mit Höchstgeschwindigkeit fuhr er zurück, bremste scharf und ließ den Wagen mit offener Tür und laufendem Motor unter den Bäumen stehen.

Die Drehtür war verschlossen.
»Hallo!« rief er und hämmerte gegen die Scheibe.
Nur bei der Rezeption brannte eine Lampe. Zwei Männer sahen zu ihm hin: der Nachtportier, der im Hemd hinter der Theke saß, und ein dicker Kerl mit einer riesigen Nase und lauter schwarzen Locken weiter vorn in einem schweinsledernen Sessel. Zwischen ihnen stand eine kleine Statue, die eine Frau darstellte und über die sie sich offenbar unterhielten.
Der Mann im Hemd erhob sich und schloß langsam die Drehtür auf, wobei er Corinth mißtrauisch ansah.
»Ich suche Herrn Schneiderhahn«, sagte er sofort, nachdem er eingetreten war, und lachte.
»Mitten in der Nacht?« Der Portier betrachtete den verschmutzten Anzug.
»Er erwartet mich.«
»Ah, dann sind Sie wohl der Herr Professor Doktor Corinth?«
»Haha!« lachte der Bildhauer.
»Vor einer Viertelstunde hat jemand für Sie angerufen. Eine gewisse ...«
Der Nachtportier verschwand hinter der Theke und suchte den Namen auf einem Notizblock. Der Bildhauer lachte Corinth nickend zu.
»Das Leben ist kein Scherz, Herr Professor.«
Neben ihm lehnten zwei Krücken an der Theke.
»Angerufen hat eine gewisse Frau Viebahn«, sagte der Nachtportier, wobei er mit einem Finger auf den Notizblock zeigte. »Ob Sie so freundlich wären, sofort zurückzurufen. Die Nummer habe ich hier.«
»Später. Zuerst muß ich Herrn Schneiderhahn sprechen. Es ist wichtig.«

»Dann muß ich Sie erst anmelden. Sind Sie sicher? Es ist halb vier in der Nacht. Soll ich vielleicht erst Ihren Anzug kurz reinigen?«
Als Corinths Blick auf das fast leere Schlüsselbrett fiel, sah er plötzlich Schneiderhahns Schlüssel vor sich, den dieser am Abend zuvor auf die Theke gelegt hatte: 17.
»Heh!« rief der Portier.
Ohne zu antworten, lief Corinth die Treppe hinauf und betrat einen mit dicken Teppichen ausgelegten, menschenleeren Flur, der durch schwache Lämpchen erleuchtet wurde. 14, 16. Andere Seite. 11, 13, 15 ...
Versteinert sah Schneiderhahn ihn an. Er stand im Schlafanzug neben dem Bett und hielt einen Telefonhörer an sein Ohr. Rasch schloß Corinth die Tür und drehte den Schlüssel um. Er lachte über sein ganzes Gesicht.
»Er ist hier ...«, rief Schneiderhahn heiser in den Hörer, ließ ihn fallen, sprang über das Bett und brachte sich, weil Corinth auf ihn zukam, hinter einem Tisch in Sicherheit.
»Hilfe!« schrie er, halb wahnsinnig vor Angst, in Richtung des an der Schnur baumelnden Hörers, als Corinth ihn lachend rund um den Tisch scheuchte. Bei der zweiten Runde rief er: »Er ist verrückt geworden!« Und mit sich überschlagender Stimme bei der dritten: »Polizei! Frau Viebahn!«
Dann landete er rückwärts in den Gardinen, seine rechte Gesichtshälfte war wie betäubt von dem fürchterlichen Schlag, den Corinth ihm versetzt hatte.
»Ich hatte nichts damit zu tun!« jammerte er, während er versuchte aufzustehen.
»Gerade darum!«
Corinth riß ihn an den Haaren hoch und schlug ihm mit aller Kraft auf den Mund.
»Ich werde dir das Lügen schon noch beibringen!«

Schneiderhahn schrie auf und schlug schützend die Arme vors Gesicht. Corinth ging zur Tür und drehte, während im Hörer eine Stimme knisterte, den Schlüssel um.

Sofort stürzte der Nachtportier ins Zimmer, sah hinter den Tisch, packte Corinth am Revers und brüllte über seine Schulter weg in den Flur:

»Mord! Mord!«

»Bravo! Bravo!« rief der Bildhauer aus einiger Entfernung und humpelte auf seinen Krücken, so schnell er konnte, den Flur entlang.

Corinth rammte dem Portier sein Knie in den Unterleib und warf den vor Schmerzen brüllenden Mann aufs Bett. Als er an dem Bildhauer vorbeirannte, blieb dieser stehen und rief:

»Gehen Sie schon wieder, Herr Professor?«

»Ja! Ja!«

Corinth kreischte vor Lachen, sprang die Treppenstufen hinab und hörte, als er durch die Eingangshalle rannte, daß oben im Hotel sämtliche Türen geöffnet wurden. Die Drehtür rotierte noch, als er schon über die dunklen Straßen raste, vor Lachen brüllend, er konnte nicht mehr aufhören, Tränen liefen ihm über die Wange, und er lachte noch, als er schon längst wieder über das Schuttfeld fuhr, er trommelte mit der blutenden Faust auf das Lenkrad, die Bauchmuskulatur verkrampfte sich, und unfähig, aufrecht zu sitzen, warf er sich ständig vor und zurück, wobei er immer wieder von neuen Lachanfällen gepackt wurde; mit Schluckauf und blind vor Tränen, versuchte er, mit der Hand seine Augen zu ertasten –

Als er wieder zu sich kam, lag sein Kopf auf dem verbogenen Steuer. Die Frontscheibe war weg. Blut lief über sein Gesicht, und nach vorsichtigem Tasten entdeckte er unter seinen Haaren eine große Wunde. Er preßte sein Taschentuch darauf und kletterte aus dem Wrack. Die Tür lag halb auf dem Boden. Bei jedem Schritt gab eines seiner Knie unter seinem Gewicht nach, er stolperte zu einer kleinen Mauer und setzte sich hin. Ein Mauerstück hatte sich halb in den Motor gebohrt. Mit pochenden Schmerzen im Kopf untersuchte er sein Bein. Es blutete auch, und das Hosenbein war zerfetzt. Alles war mit Schmutz bedeckt. Auf seiner linken Hand hatten Splitter tausend kleine Wunden hinterlassen, seine Armbanduhr war weg.

Nickend sah er sich um, nichts war zu sehen. Er legte den Kopf auf die Arme und schlief kurz ein; als er wieder erwachte, war alles unverändert. Der zerbeulte Wagen. Dunkelheit. Stille. Mit der rechten Hand suchte er nach Zigaretten, fand aber nur den Artikel von Krschowsky. Er betrachtete ihn eine Weile. Stöhnend hinkte er zum Wagen und drückte auf den Schalter für die Innenbeleuchtung. Nichts funktionierte mehr. Er kramte eine Schachtel Streichhölzer aus der Tasche hervor; eins war noch drin. Sich auf den Wagen stützend, ging er nach vorn, hielt seinen Kopf über den Motor und schnüffelte; die Motorhaube war geknickt und hatte sich an dem Pfahl hochgebogen. Er zündete das Streichholz an, warf es in den Motor und stolperte rasch rückwärts. Nach einem gewaltigen Fauchen standen fast der ganze Wagen und ein Teil der Straße in Flammen.

Mit dem Rücken zum Feuer setzte er sich, schwindelig im Kopf, hin und las:

»*(Anmerkung der Redaktion. – Auch im zweiten Kriegsjahr, das unserem Volk unter der mitreißenden Leitung seines Führers Sieg um Sieg bringt, gehen unsere Gedanken manchmal sinnend zurück in die deutsche Geschichte. Aus Anlaß des 50. Todestages unseres großen deutschen For-*

schers Heinrich Schliemann, der den Ruhm der deutschen Archäologie in der ganzen zivilisierten Welt –«
Keuchend schloß er die Augen und dachte, Ludwig hat auch gelogen. 1940 war das Haus schon mindestens zehn Jahre alt. Er spreizte die Knie und übergab sich. Prasselnd krochen die Flammen in den Wagen und knabberten an den Sitzen und dem Bodenbelag. Er überschlug einige Absätze und las, die Stirn in eine Hand gestützt, weiter:
»– steht ein schwerer, vornehm gekleideter Mann inmitten seiner Arbeiter auf der sonnenüberfluteten Ebene von Hissarlik. Rundum grünen die Hügel. Noch wartet er.«
Sein Rücken glühte vor Hitze. Auf Händen und Füßen kroch er einige Meter weiter. Sein Kopf zersprang beinahe vor Schmerzen. Am unteren Rand des Ausschnitts las er einen Satz:
»– fand er neun Trojas übereinander, das dritte, wie Sie gelesen haben, werter Leser, mit Spuren von Feuer, von gewaltsamer Zerstörung und dem ›Schatz des Priamos‹. Dieser heroische Streiter –«
Er zerknüllte den Ausschnitt und warf ihn ins Feuer, das nun auch in kleinen Strömen zwischen den Pflastersteinen floß. Er wischte das Blut mit einem Ärmel von seinen Narben und sah in das Feuer. Der Wagen existierte nur noch als durchsichtiger Geist in den lodernden Flammen. Einige Meter weiter lag ein Schild quer über die Straße: »VERBOTEN – AUCH FÜR FUSSGÄNGER«.
Er stand wieder auf und kroch hinter einen kleinen begrünten Hügel, von wo aus er das Feuer nicht mehr sah und über die ausgestorbene Ebene schauen konnte.

Dresden 1956/ Amsterdam 1958

Inhalt

Bibliothek Suhrkamp

Verzeichnis der letzten Nummern

956 Eça de Queiroz, Der Mandarin
958 André Gide, Aufzeichnungen über Chopin
962 Giorgos Seferis, Poesie
964 Thomas Bernhard, Elisabeth II.
965 Hans Blumenberg, Die Sorge geht über den Fluß
966 Walter Benjamin, Berliner Kindheit, Neue Fassung
967 Marguerite Duras, Der Liebhaber
969 Tschingis Aitmatow, Der weiße Dampfer
970 Christine Lavant, Gedichte
973 Franz Rosenzweig, Der Stern der Erlösung
976 Juan Carlos Onetti, Grab einer Namenlosen
977 Vincenzo Consolo, Die Wunde im April
979 E. M. Cioran, Von Tränen und von Heiligen
980 Olof Lagercrantz, Die Kunst des Lesens und des Schreibens
981 Hermann Hesse, Unterm Rad
983 Anna Achmatowa, Gedichte
984 Hans Mayer, Ansichten von Deutschland
986 Robert Walser, Poetenleben
987 René Crevel, Der schwierige Tod
988 Scholem-Alejchem, Eine Hochzeit ohne Musikanten
989 Erica Pedretti, Valerie
990 Samuel Joseph Agnon, Der Verstoßene
991 Janet Frame, Wenn Eulen schrein
992 Paul Valéry, Gedichte
995 Patrick Modiano, Eine Jugend
997 Thomas Bernhard, Heldenplatz
998 Hans Blumenberg, Matthäuspassion
999 Julio Cortázar, Der Verfolger
1000 Samuel Beckett, Mehr Prügel als Flügel
1001 Peter Handke, Die Wiederholung
1002 Else Lasker-Schüler, Arthur Aronymus
1003 Heimito von Doderer, Die erleuchteten Fenster
1004 Hans-Georg Gadamer, Das Erbe Europas
1005 Hans Jonas, Das Prinzip Verantwortung
1007 Juan Carlos Onetti, Der Schacht
1008 E. M. Cioran, Auf den Gipfeln der Verzweiflung
1009 Marina Zwetajewa, Ein gefangener Geist
1012 Hermann Broch, Die Schuldlosen
1013 Benito Pérez Galdós, Tristana
1014 Conrad Aiken, Fremder Mond
1015 Max Frisch, Tagebuch 1966–1971
1016 Catherine Colomb, Zeit der Engel
1017 Georges Dumézil, Der schwarze Mönch in Varennes
1018 Peter Huchel, Gedichte
1019 Gesualdo Bufalino, Das Pesthaus

1020 Konstantinos Kavafis, Um zu bleiben
1021 André du Bouchet, Vakante Glut / Dans la chaleur vacante
1022 Rainer Maria Rilke, Briefe an einen jungen Dichter
1023 René Char, Lob einer Verdächtigen / Eloge d'une Soupconnée
1024 Cees Nooteboom, Ein Lied von Schein und Sein
1025 Gerhart Hauptmann, Das Meerwunder
1026 Juan Benet, Ein Grabmal / Numa
1027 Samuel Beckett, Der Verwaiser / Le dépeupleur / The Lost Ones
1028 Ulrich Plenzdorf, Die neuen Leiden des jungen W.
1029 Bernard Shaw, Die Abenteuer des schwarzen Mädchens ...
1030 Francis Ponge, Texte zur Kunst
1031 Tankred Dorst, Klaras Mutter
1032 Robert Graves, Das kühle Netz / The Cool Web
1033 Alain Robbe-Grillet, Die Radiergummis
1034 Robert Musil, Vereinigungen
1035 Virgilio Piñera, Kleine Manöver
1036 Kazimierz Brandys, Die Art zu leben
1037 Karl Krolow, Meine Gedichte
1038 Leonid Andrejew, Die sieben Gehenkten
1039 Volker Braun, Der Stoff zum Leben 1-3
1040 Samuel Beckett, Warten auf Godot
1041 Alejo Carpentier, Die Hetzjagd
1042 Nicolas Born, Gedichte
1043 Maurice Blanchot, Das Todesurteil
1044 D. H. Lawrence, Der Mann, der Inseln liebte
1045 Jurek Becker, Der Boxer
1046 E. M. Cioran, Das Buch der Täuschungen
1047 Federico García Lorca, Diwan des Tamarit / Diván
1048 Friederike Mayröcker, Das Herzzerreißende der Dinge
1049 Pedro Salinas, Gedichte / Poemas
1050 Jürg Federspiel, Museum des Hasses
1051 Silvina Ocampo, Die Furie
1052 Alexander Blok, Gedichte
1053 Raymond Queneau, Stilübungen
1054 Dolf Sternberger, Figuren der Fabel
1055 Gertrude Stein, Q. E. D.
1056 Mercè Rodoreda, Aloma
1057 Marina Zwetajewa, Phoenix
1058 Thomas Bernhard, In der Höhe, Rettungsversuch, Unsinn
1059 Jorge Ibargüengoitia, Die toten Frauen
1060 Henry de Montherlant, Moustique
1061 Carlo Emilio Gadda, An einen brüderlichen Freund
1062 Karl Kraus, Pro domo et mundo
1063 Sandor Weöres, Der von Ungern
1064 Ernst Penzoldt, Der arme Chatterton
1065 Giorgos Seferis, Alles voller Götter
1066 Horst Krüger, Das zerbrochene Haus
1067 Alain, Die Kunst sich und andere zu erkennen
1068 Rainer Maria Rilke, Bücher Theater Kunst
1069 Claude Ollier, Bildstörung

1070 Jörg Steiner, Schnee bis in die Niederungen
1071 Norbert Elias, Mozart
1072 Louis Aragon, Libertinage
1073 Gabriele d'Annunzio, Der Kamerad mit den wimpernlosen Augen
1075 Max Frisch, Biedermann und die Brandstifter
1076 Willy Kyrklund, Vom Guten
1077 Jannis Ritsos, Gedichte
1079 Max Dauthendey, Lingam
1080 Alexej Remisow, Gang auf Simsen
1082 Octavio Paz, Adler oder Sonne?
1083 René Crevel, Seid ihr verrückt?
1084 Robert Pinget, Passacaglia
1085 Wolfgang Koeppen, Eine unglückliche Liebe
1086 Mario Vargas Llosa, Lob der Stiefmutter
1087 Marguerite Duras, Im Sommer abends um halb elf
1088 Joseph Conrad, Herz der Finsternis
1090 Czesław Miłosz, Gedichte
1091 Karl Kraus, Die letzten Tage der Menschheit
1092 Jean Giono, Der Deserteur
1093 Michel Butor, Die Wörter in der Malerei
1095 Max Frisch, Fragebogen
1096 Carlo Emilio Gadda, La Meccanica
1097 Bohumil Hrabal, Die Katze Autitschko
1098 Hans Mayer, Frisch und Dürrenmatt
1099 Isabel Allende, Eine Rache und andere Geschichten
1100 Wolfgang Hildesheimer, Mitteilungen an Max
1101 Paul Valéry, Über Mallarmé
1102 Marie Nimier, Die Giraffe
1103 Gennadij Ajgi, Beginn der Lichtung
1104 Jorge Ibargüengoitia, Augustblitze
1105 Silvio D'Arzo, Des andern Haus
1106 Werner Koch, Altes Kloster
1107 Gesualdo Bufalino, Der Ingenieur von Babel
1108 Manuel Puig, Der Kuß der Spinnenfrau
1109 Marieluise Fleißer, Das Mädchen Yella
1110 Raymond Queneau, Ein strenger Winter
1111 Gershom Scholem, Judaica 5
1112 Jürgen Becker, Beispielweise am Wannsee
1113 Eduardo Mendoza, Das Geheimnis der verhexten Krypta
1114 Wolfgang Hildesheimer, Paradies der falschen Vögel
1115 Guillaume Apollinaire, Die sitzende Frau
1116 Paul Nizon, Canto
1117 Guido Morselli, Dissipatio humani generis
1118 Karl Kraus, Nachts
1119 Juan Carlos Onetti, Der Tod und das Mädchen
1120 Thomas Bernhard, Alte Meister
1121 Willem Elsschot, Villa des Roses
1122 Juan Goytisolo, Landschaften nach der Schlacht
1123 Sascha Sokolow, Die Schule der Dummen
1124 Bohumil Hrabal, Leben ohne Smoking

1125 Peter Bichsel, Eigentlich möchte Frau Blum den Milchmann kennenlernen
1126 Guido Ceronetti, Teegedanken
1127 Adolf Muschg, Noch ein Wunsch
1128 Forugh Farrochsad, Jene Tage
1129 Julio Cortázar, Unzeiten
1130 Gesualdo Bufalino, Die Lügen der Nacht
1131 Richard Ellmann, Vier Dubliner - Wilde, Yeats, Joyce und Beckett
1132 Gerard Reve, Der vierte Mann
1133 Mercè Rodoreda, Auf der Plaça del Diamant
1134 Francis Ponge, Die Seife
1135 Hans-Georg Gadamer, Über die Verborgenheit der Gesundheit
1136 Wolfgang Hildesheimer, Mozart
1138 Max Frisch, Stich-Worte
1139 Bohumil Hrabal, Ich habe den englischen König bedient
1141 Cees Nooteboom, Die folgende Geschichte
1142 Hermann Hesse, Musik
1143 Paul Celan, Lichtzwang
1144 Isabel Allende, Geschenk für eine Braut
1145 Thomas Bernhard, Frost
1146 Katherine Mansfield, Glück
1148 Gershom Scholem, Alchemie und Kabbala
1149 Max Dauthendey, Die acht Gesichter am Biwasee
1150 Julio Cortázar, Alle lieben Glenda
1151 Isaak Babel, Die Reiterarmee
1152 Hermann Broch, Barbara
1154 Juan Benet, Der Turmbau zu Babel
1155 Bertolt Brecht, Die Dreigroschenoper
1156 Józef Wittlin, Mein Lemberg
1157 Bohumil Hrabal, Reise nach Sondervorschrift
1158 Tankred Dorst, Fernando Krapp hat mir diesen Brief geschrieben
1159 Mori Ōgai, Die Tänzerin
1160 Hans Jonas, Gedanken über Gott
1161 Bertolt Brecht, Gedichte über die Liebe
1162 Clarice Lispector, Aqua viva
1163 Samuel Beckett, Der Ausgestoßene
1164 Friedrike Mayröcker, Das Licht in der Landschaft
1165 Yasunari Kawabata, Die schlafenden Schönen
1166 Marcel Proust, Tage des Lesens
1167 Peter Weiss, Die Verfolgung und Ermordung Jean Paul Marats
1169 Alain Robbe-Grillet, Die blaue Villa in Hongkong
1170 Dolf Sternberger, ›Ich wünschte ein Bürger zu sein‹
1171 Herman Bang, Die vier Teufel
1172 Paul Valéry, Windstriche
1173 Peter Handke, Die Stunde da wir nichts voneinander wußten
1175 Juan Carlos Onetti, Abschiede
1176 Elisabeth Langgässer, Das Labyrinth
1177 E. M. Cioran, Syllogismen der Bitterkeit
1178 Kenzaburo Oe, Der Fang
1180 Zbigniew Herbert, Der Tulpen bitterer Duft
1193 John Cage, Silence

Bibliothek Suhrkamp

Alphabetisches Verzeichnis